# Bodas de Sangue

*Federico García Lorca*

TEXTO INTEGRAL

Tradução
Adriana Junqueira Arantes

O texto deste livro está conforme o Acordo Ortográfico da Língua Portuguesa (1990)

**Dados Internacionais de Catalogação na Publicação (CIP)**
**(Câmara Brasileira do Livro, SP, Brasil)**

García Lorca, Federico, 1898-1936.
Bodas de sangue / Federico García Lorca ; tradução Adriana Junqueira Arantes. -- São Paulo : Martin Claret, 2009. -- (Coleção a obra-prima de cada autor ; 303)

Título original : Bodas de sangue.
"Texto integral".
ISBN 978-85-7232-793-0

1. Teatro espanhol I. Título. II. Série.

09-08391 CDD-862

Índices para catálogo sistemático:

1. Teatro : Literatura espanhola 862

COLEÇÃO A OBRA-PRIMA DE CADA AUTOR

# BODAS DE SANGUE

*Federico García Lorca*

TEXTO INTEGRAL

MARTIN CLARET

# CRÉDITOS


Título original: *Bodas de Sangre*. - Ano da primeira publicação: 1933.

**IDEALIZAÇÃO E COORDENAÇÃO**
*Martin Claret*

**ASSISTENTE EDITORIAL**
*Rosana Gilioli Citino*

**CAPA**
Ilustração
*Marcellin Talbot*

**MIOLO**
Tradução
*Adriana Junqueira Arantes*

Revisão
*Rosana Gilioli*
*Waldir Moraes*

Projeto Gráfico
*José Duarte T. de Castro*

Direção de Arte
*José Duarte T. de Castro*

Editoração Eletrônica
*Editora Martin Claret*

Papel
*Off-Set, 70g/m²*

Impressão e Acabamento
*Prol Alternativa Digital*

**Editora Martin Claret Ltda.** – Rua Alegrete, 62 – Bairro Sumaré
CEP: 01254-010 – São Paulo – SP
Tel.: (11) 3672-8144 – Fax: (11) 3673-7146

**www.martinclaret.com.br / editorial@martinclaret.com.br**
Agradecemos a todos os nossos amigos e colaboradores — pessoas físicas e jurídicas — que deram as condições para que fosse possível a publicação deste livro.

1ª REIMPRESSÃO – 2012

# A história do livro e a coleção "A Obra-Prima de Cada Autor"

MARTIN CLARET

Que é o livro? Para fins estatísticos, na década de 1960, a UNESCO considerou o livro "uma publicação impressa, não periódica, que consta de no mínimo 56 páginas, sem contar as capas".

O livro é um produto industrial.

Mas também é mais do que um simples produto. O primeiro conceito que deveríamos reter é o de que o livro como objeto é o veículo, o suporte de uma informação. O livro é uma das mais revolucionárias invenções do homem.

A *Enciclopédia Abril* (1972), publicada pelo editor e empresário Victor Civita, no verbete "livro" traz concisas e importantes informações sobre a história do livro. A seguir, transcrevemos alguns tópicos desse estudo didático.

## O livro na Antiguidade

Antes mesmo que o homem pensasse em utilizar determinados materiais para escrever (como, por exemplo, fibras vegetais e tecidos), as bibliotecas da Antiguidade estavam repletas de textos gravados em tabuinhas de barro cozido. Eram os primeiros "livros", depois progressivamente modificados até chegarem a ser feitos — em grandes tiragens — em papel impresso mecanicamente, proporcionando facilidade de leitura e transporte. Com eles, tornou-se possível, em todas as épocas, transmitir fatos, acontecimentos históricos, descobertas, tratados, códigos ou apenas entretenimento.

Como sua fabricação, a função do livro sofreu enormes modificações dentro das mais diversas sociedades, a ponto de constituir uma mercadoria especial, com técnica, intenção e utilização determinadas. No moderno movimento editorial das chamadas sociedades de consumo, o livro pode ser considerado uma mercadoria cultural, com maior ou menor significado no contexto socioeconômico em que é publicado. Enquanto mercadoria, pode ser comprado, vendido ou trocado. Isso não ocorre, porém, com sua função intrínseca, insubstituível: pode-se dizer que o livro é essencialmente um instrumento cultural de difusão de ideias, transmissão de conceitos, documentação (inclusive fotográfica e iconográfica), entretenimento ou ainda de condensação e acumulação do conhecimento. A palavra escrita venceu o tempo, e o livro conquistou o espaço. Teoricamente, toda a humanidade pode ser atingida por textos que difundem ideias que vão de Sócrates e Horácio a Sartre e McLuhan, de Adolf Hitler a Karl Marx.

## Espelho da sociedade

A história do livro confunde-se, em muitos aspectos, com a história da humanidade. Sempre que escolhem frases e temas, e transmitem ideias e conceitos, os escritores estão elegendo o que consideram significativo no momento histórico e cultural que vivem. E, assim, fornecem dados para a análise de sua sociedade. O conteúdo de um livro — aceito, discutido ou refutado socialmente — integra a estrutura intelectual dos grupos sociais.

Nos primeiros tempos, o escritor geralmente vivia em contato direto com seu público, que era formado por uns poucos letrados, já cientes das opiniões, ideias, imaginação e teses do autor, pela própria convivência que tinham com ele. Muitas vezes, mesmo antes de ser redigido o texto, as ideias nele contidas já haviam sido intensamente discutidas pelo escritor e parte de seus leitores. Nessa época, como em várias outras, não se pensava na enorme porcentagem de analfabetos. Até o século XV, o livro servia exclusivamente a uma pequena minoria de sábios e estudiosos que constituíam os círculos intelectuais (confinados aos mosteiros durante o começo da Idade Média) e que tinham acesso às bibliotecas, cheias de manuscritos ricamente ilustrados.

Com o reflorescimento comercial europeu, nos fins do século XIV, burgueses e comerciantes passaram a integrar o mercado livreiro da época. A erudição laicizou-se e o número de escritores aumentou, surgindo também as primeiras obras escritas em línguas que não o latim e o grego (reservadas aos textos clássicos e aos assuntos considerados dignos de atenção). Nos séculos XVI e XVII, surgiram diversas literaturas nacionais, demonstrando, além do florescimento intelectual da época, que a população letrada dos países europeus estava mais capacitada a adquirir obras escritas.

## Cultura e comércio

Com o desenvolvimento do sistema de impressão de Gutenberg, a Europa conseguiu dinamizar a fabricação de livros, imprimindo, em cinquenta anos, cerca de 20 milhões de exemplares para uma população de quase 10 milhões de habitantes, cuja maioria era analfabeta. Para a época, isso significou enorme revolução, demonstrando que a imprensa só se tornou uma realidade diante da necessidade social de ler mais.

Impressos em papel, feitos em cadernos costurados e posteriormente encapados, os livros tornaram-se empreendimento cultural e comercial: os editores passaram logo a se preocupar com melhor apresentação e redução de preços. Tudo isso levou à comercialização do livro. E os livreiros baseavam-se no gosto do público para imprimir, principalmente obras religiosas, novelas, coleções de anedotas, manuais técnicos e receitas.

Mas a porcentagem de leitores não cresceu na mesma proporção que a expansão demográfica mundial. Somente com as modificações socioculturais e econômicas do século XIX — quando o livro começou a ser utilizado também como meio de divulgação dessas modificações e o conhecimento passou a significar uma conquista para o homem, que, segundo se acreditava, poderia ascender socialmente se lesse — houve um relativo aumento no número de leitores, sobretudo na França e na Inglaterra, onde alguns editores passaram a produzir obras completas de autores famosos, a preços baixos. O livro era então interpretado como símbolo de liberdade, conseguida por conquistas culturais. Entretanto, na maioria dos países, não houve nenhuma grande modificação nos índices porcentuais até o fim da Primeira Guerra Mundial (1914/18), quando surgiram as primeiras grandes tiragens de um só livro, principalmente romances, novelas e textos didáticos. O número elevado de cópias, além de baratear o preço da unidade, difundiu ainda mais a literatura. Mesmo assim, a maior parte da população de muitos países continuou distanciada, em parte porque o livro, em si, tinha sido durante muitos séculos considerado objeto raro, atingível somente por um pequeno número de eruditos. A grande massa da população mostrou maior receptividade aos jornais, periódicos e folhetins, mais dinâmicos e atualizados, e acessíveis ao poder aquisitivo da grande maioria. Mas isso não chegou a ameaçar o livro como símbolo cultural de difusão de ideias, como fariam, mais tarde, o rádio, o cinema e a televisão.

O advento das técnicas eletrônicas, o aperfeiçoamento dos métodos fotográficos e a pesquisa de materiais praticamente imperecíveis fazem alguns teóricos da comunicação de massa pensarem em um futuro sem os livros tradicionais (com seu formato quadrado ou retangular, composto de folhas de papel, unidas umas às outras por um dos lados). Seu conteúdo e suas mensagens (racionais ou emocionais) seriam transmitidos por outros meios, como por exemplo microfilmes e fitas gravadas.

A televisão transformaria o mundo todo em uma grande "aldeia" (como afirmou Marshall McLuhan), no momento em que todas as sociedades decretassem sua prioridade em relação aos textos escritos. Mas a palavra escrita dificilmente deixaria de ser considerada uma das mais importantes heranças culturais, entre todos os povos.

Através de toda a sua evolução, o livro sempre pôde ser visto como objeto cultural (manuseável, com forma entendida e interpretada em função de valores plásticos) e símbolo cultural (dotado de conteúdo, entendido e interpretado em função de valores semânticos). As duas maneiras podem fundir-se no pensamento coletivo, como um conjunto orgânico (onde texto e arte se completam, por exemplo, em um livro de arte) ou apenas como um conjunto textual (onde a mensagem escrita vem em primeiro lugar — em um livro de matemática, por exemplo).

A mensagem (racional, prática ou emocional) de um livro é sempre intelectual e pode ser revivida a cada momento. O conteúdo, estático em si, dinamiza-se em função da assimilação das palavras pelo leitor, que pode discuti-las, reafirmá-las, negá-las ou transformá-las. Por isso, o livro pode ser considerado instrumento cultural capaz de liberar informação, sons, imagens, sentimentos e ideias através do tempo e do espaço. A quantidade e a qualidade de ideias colocadas em um texto podem ser aceitas por uma sociedade, ou por ela negadas, quando entram em choque com conceitos ou normas culturalmente admitidos.

Nas sociedades modernas, em que a classe média tende a considerar o livro como sinal de *status* e cultura (erudição), os compradores utilizam-no como símbolo mesmo, desvirtuando suas funções ao transformá-lo em livro-objeto. Mas o livro é, antes de tudo, funcional — seu conteúdo é que lhe dá valor (os livros de ciências, filosofia, religião, artes, história e geografia, que representam cerca de 75% dos títulos publicados anualmente em todo o mundo).

## O mundo lê mais

No século XX, o consumo e a produção de livros aumentaram progressivamente. Lançado logo após a Segunda Guerra Mundial (1939/45), quando uma das características principais da edição de um livro eram as capas entreteladas ou cartonadas, o livro de bolso constituiu um grande êxito comercial. As obras — sobretudo *best sellers* publicados algum tempo antes em edições de luxo — passaram a ser impressas em rotativas, como as revistas, e distribuídas nas bancas de jornal. Como as tiragens elevadas permitiam preços muito baixos, essas edições de bolso popularizaram-se e ganharam importância em todo o mundo.

Até 1950, existiam somente livros de bolso destinados a pessoas de baixo poder aquisitivo; a partir de 1955, desenvolveu-se a categoria do livro de bolso "de luxo". As características principais destes últimos eram a abundância de coleções — em 1964 havia mais de duzentas, nos Estados Unidos — e a variedade de títulos, endereçados a um público intelectualmente mais refinado. A essa diversificação das categorias adiciona-se a dos pontos de venda, que passaram a abranger, além das bancas de jornal, farmácias, lojas, livrarias, etc. Assim, nos Estados Unidos, o número de títulos publicados em edições de bolso chegou a 35 mil em 1969, representando quase 35% do total dos títulos editados.

## Proposta da coleção "A Obra-Prima de Cada Autor"

"Coleção" é uma palavra há muito tempo dicionarizada e define o conjunto ou reunião de objetos da mesma natureza ou que têm alguma relação entre si. Em um sentido editorial, significa o conjunto não limitado de obras de autores diversos, publicado por uma mesma editora, sob um título geral indicativo de assunto ou área, para atendimento de segmentos definidos do mercado.

A coleção "A Obra-Prima de Cada Autor" corresponde plenamente à definição acima mencionada. Nosso principal objetivo é oferecer, em formato de bolso, a obra mais importante de cada autor, satisfazendo o leitor que procura qualidade.*

Desde os tempos mais remotos existiram coleções de livros. Em Nínive, em Pérgamo e na Anatólia existiam coleções de obras literárias de grande importância cultural. Mas nenhuma delas superou a célebre biblioteca de Alexandria, incendiada em 48 a.C. pelas legiões de Júlio César, quando estas arrasaram a cidade.

A coleção "A Obra-Prima de Cada Autor" é uma série de livros a ser composta por mais de 400 volumes, em formato de bolso, com preço altamente competitivo, e pode ser encontrada em centenas de pontos de venda. O critério de seleção dos títulos foi o já estabelecido pela tradição e pela crítica especializada. Em sua maioria, são obras de ficção e filosofia, embora possa haver textos sobre religião, poesia, política, psicologia e obras de autoajuda. Inauguram a coleção quatro textos clássicos: *Dom Casmurro*, de Machado de Assis; *O Príncipe*, de Maquiavel; *Mensagem*, de Fernando Pessoa; e *O lobo do mar*, de Jack London.

Nossa proposta é fazer uma coleção quantitativamente aberta. A periodicidade é mensal. Editorialmente, sentimo-nos orgulhosos de poder oferecer a coleção "A Obra-Prima de Cada Autor" aos leitores brasileiros. Nós acreditamos na função do livro.

* Atendendo a sugestões de leitores, livreiros e professores, a partir de certo número da coleção começamos a publicar, de alguns autores, outras obras além da sua obra-prima.

UM ESTUDO

# O teatro de Lorca

**ADRIANA JUNQUEIRA ARANTES**[1]

*O teatro é uma escola de pranto e riso; e uma tribuna livre onde os homens podem pôr em evidência morais velhas ou equívocas e explicar com exemplos vivos normas eternas do coração e do sentimento do Homem.*

F. G. LORCA

Não é tarefa fácil escrever sobre Federico García Lorca. Afinal, muito já se escreveu a respeito de sua obra, dado que o poeta e dramaturgo espanhol converteu-se, ao longo dos anos, em um mito. Não apenas pelas trágicas circunstâncias de sua morte, como, sobretudo, porque Lorca é, inegavelmente, o representante maior do teatro espanhol no mundo. Situação curiosa para quem pensou seu teatro em função de seu povo.

O projeto de teatro itinerante La Barraca, proposto por Lorca e seu amigo Eduardo Ugarte, a partir de 1931, dá mostras dessa realidade teatral lorquiana: para o autor andaluz o teatro possuía uma função didática e de ação social. A companhia La Barraca se propunha a encenar os grandes clássicos teatrais do Século de Ouro

[1] Adriana Junqueira Arantes é mestre em literatura hispano-americana pela Universidade de São Paulo. Atua na área de tradução de textos ficcionais desde 1999, e é professora de literatura espanhola e hispano-americana no Instituto Superior de Educação Alvorada Plus desde 2006.

espanhol para o povo, para a gente interiorana e remota dos recantos espanhóis. Assim se cumpriria, para Lorca, uma ação moral do teatro. A visão que tinha Lorca não era a de um teatro comprometido, tal como o concebia seu contemporâneo alemão Bertolt Brecht[2], mas sim um teatro que buscava a dignidade das condições espirituais e materiais da existência humana; é nesse sentido que deve ser entendida a ação moral proposta pelo autor de *Bodas de sangue*.

Entre 1934 e 1936, passa a encenar suas próprias peças com a companhia de teatro La Barraca. Aqui, mais do que nunca, García Lorca pensa seu teatro em função da sua gente: seu primitivismo passional, sua sinceridade desgarrada, a presença de uma ambientação viva e colorida, as raízes líricas, entre outros elementos, apontam para essa busca. No entanto, uma alusão tangível ao espanhol e àquilo que se poderia chamar de um "espanholismo" essencial vão desaparecendo no correr do tempo, transformando o teatro de García Lorca em um teatro universal.

## 1. O teatro de Federico García Lorca e a recriação do mundo

A popularidade alcançada por Federico García Lorca no teatro deve-se, em grande medida, à recriação do mundo andaluz. Entretanto, para uma melhor compreensão de sua obra, é necessário empreender uma busca ao teatro clássico grego e, sobretudo, ao teatro do Século de Ouro espanhol, bem como a certo espírito trágico ou concepção trágica do mundo, presente em sua obra.

Lorca não adotou a tragédia como padrão teatral único. Seu teatro constitui-se também de farsas, como *El amor de Don Perlimpín con Belisa en su jardín*, *Los títeres de Cachiporra*, entre outros; de dramas, de que *Doña Rosita la soltera* e *La casa de*

---

[2] Algumas diferenças entre os dois dramaturgos merecem ser pontuadas: em primeiro lugar, Brecht dedicou-se aos dramas de matriz épica, apoiando--se, portanto, em algumas das características atinentes às formas narrativas; em um segundo momento, a partir dos anos de 1920, o dramaturgo alemão filia-se à estética marxista, adotando uma posição francamente marcada por essa ideologia. Nesse sentido, seu teatro assume características totalmente diversas daquelas propostas por García Lorca. Mais adiante se verá com mais clareza os contornos do teatro lorquiano.

*Bernarda Alba* são exemplos; de tragicomédia, como *Don Cristóbal y la señá Rosita*, e as tragédias *Mariana Pineda*, *Bodas de Sangre* e *Yerma*. É forçoso notar que o fato de García Lorca haver nomeado *Mariana Pineda*, *Bodas de Sangre* e *Yerma* como tragédias, implica muito mais a temática escolhida que uma inscrição profunda no gênero trágico, tal como a tradição teatral desenvolveu.

Todavia, há em Lorca uma certa concepção de tragédia que vem estribada em vinte e cinco séculos de tradição teatral. Embora suas tragédias não se nutram exclusivamente da tradição clássica, sua influência se faz presente no repertório de temas adotado e na atmosfera agônica que acompanha seus personagens, como aponta o crítico Ricardo Domenech[3]. O teatro clássico grego também se faz presente na força dos elementos contrários que se estabelece entre indivíduo e sociedade, derivando daí os conflitos humanos que aparecem em *Yerma* e *Bodas de sangre*; e ainda, do ponto de vista estrutural, na presença do coro. Ora, o coro no teatro clássico representa a voz do povo. É o coro que comenta a ação dramática apontando para o desenlace, e o teatro de García Lorca sempre se voltou para o povo em seu aspecto didático; daí a opção pela presença do coro em suas tragédias de conformidade com o teatro grego clássico.

As relações entre Federico García Lorca e o Século de Ouro espanhol já foram fartamente esmiuçadas por diversos setores da crítica — nacional e internacional — especializada em sua obra. Nesse sentido, não se pretende aqui lançar nenhuma novidade teórica, mas apenas desenhar uma perspectiva de leitura para *Bodas de sangue*. Antes, porém, de retomar os aspectos de seu teatro que mantém vínculos estreitos com o teatro barroco espanhol, convém realizar um apanhado do que foi o chamado Século de Ouro.

As letras espanholas alcançam a idade clássica — ou os Séculos de Ouro — nos séculos XVI e XVII. O período mais brilhante compreende os últimos trinta anos do XVI e os primeiros trinta do seguinte, período em que convivem Cervantes, Lope de Vega, Calderón de la Barca e Góngora, entre outros autores. O Século de Ouro espanhol pode ser compreendido como uma época na qual a Espanha alcançou um papel dominante no mundo; dominante na política, nas armas, na

---

[3] DOMENECH, Ricardo. *García Lorca y la tragedia española*, Madrid: Fundamentos, 2008.

diplomacia, na moeda, na religião e nas letras. Coincidiu, então, com o apogeu da Espanha. Do ponto de vista das artes e das letras, a idade de ouro espanhola tem seu cume e últimos momentos com a decadência do mundo renascentista e o surgimento e florescimento da perspectiva Barroca.

O teatro barroco, nomeado genericamente de "comédia", era de matiz popular. A uma arte para as minorias do Barroco na poesia corresponde esse teatro popular que usa a linguagem como veículo de comunicação. As comédias desse período são sempre em versos, que de estrutura variada e de acordo com a índole da cena buscam em sua composição e estrutura a naturalidade da linguagem. Nelas, a ação é movimentada e variada, misturando os elementos trágicos aos cômicos. As obras estão divididas em três atos dispostos da seguinte maneira: a) proposta: ato primeiro; b) o nó, que costuma ser o mais longo: ato segundo; c) e o desenlace: ato terceiro.

A chamada "comédia nova" pode ser entendida como a fusão dos elementos teatrais antecedentes (da Idade Média), e quem sintetizou esses elementos foi o madrilenho Lope de Vega (1562-1635). São eles: o uso de artefatos líricos, tais como as *letrillas*[4], *silvas*[5] e canções[6]; o enredo à moda italiana, que leva a uma maior complexidade do argumento e a alternância de passos na trama, criando um duplo nível para a ação — momentos sérios e lances cômicos. Lope de Vega também buscou fontes e temas nos romanceiros e lendas populares espanholas. O escritor do período barroco com esses elementos reúne o velho com o novo, fundido-os e conseguindo um novo modo de fazer, de acordo com a perspectiva de seu tempo e, sobretudo, de acordo com o temperamento espanhol.

O uso exclusivo de versos para a composição de *El maleficio de la mariposa* e de *Mariana Pineda* demonstra o quanto as primeiras

---

[4] Poema surgido no século XVI, de tom festivo, com versos octossílabos ou hexassílabos, e a presença de um estribilho que se repete. Foi bastante utilizado por Góngora.

[5] Poema composto de uma série indeterminada de versos, sem métrica fixa e sem subdivisão em estrofes, com aparição, muitas vezes, de versos sem rima. Na Espanha, surge no século XVII, e foi muito cultivada pelos poetas do Século de Ouro, como Góngora, Calderón de la Barca, Quevedo, entre outros.

[6] Poema para ser cantado, em geral acompanhado por música. No período Barroco costumava ser de temática amorosa.

obras teatrais de Lorca se apoiam fundamentalmente na estrutura dramática cunhada por Lope de Vega. As demais obras alternam verso e prosa, mantendo sempre um caráter lírico, pictórico, extradramático, além da utilização estratégica da canção popular oriunda dos romanceiros e de acordo com os preceitos teatrais propostos por Lope de Vega. Ainda dentro dessa mesma estrutura do teatro barroco, García Lorca mantém enorme fidelidade ao clima histórico e humano em que nasce a trama, como se vê em *La zapatera prodigiosa*, *Retabillo de Don Cristóbal* e, inclusive, em sua conhecida trilogia rural, composta por *Bodas de Sangre*, *Yerma* e *La casa de Bernarda Alba*. Esta última, obra teatral derradeira do autor, diverge dessa estrutura tomada da cena barroca espanhola: inteiramente escrita em prosa, *La casa de Bernarda Alba* mantém-se fiel ao clima histórico da Espanha de seu tempo (1936), desligando-se, no entanto, da estrutura teatral do Século de Ouro adotada anteriormente pelo maior expoente da chamada geração de 27.

Não seria então despropositado pensar que o teatro do autor granadino buscasse — à moda de Lope — um estreito contato com o povo, com seu público, vale dizer, com os espanhóis. Daí seu apego às formas poéticas ingênuas e populares e o uso frequente de elementos originários do folclore andaluz. Para Federico Garcia Lorca, o folclore servia de elo e identificação do homem com a natureza. Nesse sentido, sua obra teatral se aproxima de sua obra poética, especialmente de *Romancero gitano*, conjunto de poemas no qual o autor faz fundir a tradição popular de sua terra natal a elementos vanguardistas.

Mas é na trilogia rural — *Bodas de sangre*, *Yerma* e *La casa de Bernarda Alba* — sua obra teatral maior, que García Lorca se aproxima muito de outra figura ímpar do Século de Ouro: Pedro Calderón de la Barca. É certo que as histórias são diferentes em cada uma das três peças que compõem a trilogia; no entanto, o tema da liberdade amorosa e erótica perseguida e reprimida pelo código de honra vigente, e seu consequente conflito trágico, permanece em todas elas. Nos três casos, a morte se cumpre como destino inexorável. É esse pequeno-grande conjunto de obras de García Lorca que se identifica com o teatro de Calderón. Aqui se conjugam, como no dramaturgo do barroco tardio, uma espécie de ânsia por liberdade e justiça que esbarram em uma questão cara à cultura espanhola e particularmente ao Século de Ouro, a honra.

Se honra é questão de foro íntimo, por um lado, também é questão social, por outro. É algo que o homem carrega em si e para si. São os outros, contudo, que estabelecem ou creem na real existência da honradez no outro. É o conflito entre indivíduo e sociedade tão presente nas tragédias de Lorca. Em *Bodas de sangue*, por exemplo, a loucura insinuada deriva em rebelião contra a ordem estabelecida. Trata-se de questão existencial, na linha proposta pelo modernista espanhol Miguel de Unamuno, de quem García Lorca herda uma visão trágica do mundo. Eu sou, enquanto sou para o outro, ou, em outras palavras, eu sou o que o outro percebe de mim. Essa é a cosmovisão trágica da vida que deflagra os desenlaces da trilogia rural. Daí a necessidade do autor do uso expressivo de uma linguagem simbólica. Por isso, também, o amor impossível como tema recorrente. O que prevalece é o existencialismo, a busca incessante por compreender a dimensão da existência humana que se manifesta em eventos ou circunstâncias trágicas que estão mais além do livre-arbítrio.

## 2. Bodas de sangue

Tomada de uma história real, veiculada por uma reportagem jornalística, *Bodas de sangue* estreou em Madri em 9 de março de 1933. Em pouco tempo, tornou-se o maior êxito de Lorca, conseguindo, até mesmo, montagens internacionais, o que proporcionou para seu autor a independência financeira. A carreira desta obra é tão intensa e longeva, que em 1981 — mais de quatro décadas depois do falecimento de seu autor, portanto — um dos mais importantes cineastas espanhóis, Carlos Saura, acompanhado de dois dos maiores bailarinos de flamenco da Espanha, Antonio Gades e Cristina Hoyos, montou sua versão para película. A montagem cinematográfica, que utiliza quase nada dos diálogos, mas mantém toda a plasticidade proposta pelo escritor por meio da música e da dança flamenca, alcançou enorme êxito dentro e fora da Espanha, reascendendo a figura de Federico García Lorca mundialmente[7].

---

[7] Carlos Saura, Antonio Gades e Cristina Hoyos são figuras exponenciais da cultura espanhola da segunda metade do século XX. Antonio Gades, em particular e tal como Federico García Lorca, tornou-se um mito. Assume, junto ao poeta que aqui se estuda, a posição de representante da cultura espanhola no mundo.

E *Bodas de sangue* — primeira parte de uma trilogia dramática dedicada à terra espanhola — é uma peça que mistura verso e prosa, que se vale de diálogos rústicos e, por isso mesmo, mantém um arraigado tom andaluz, recriando essa cultura de modo original. O teatro de García Lorca é profundamente marcado por seu traço poético, lírico. Repleta de elementos simbólicos, tal como sua poesia, *Bodas de sangue* se constrói a partir da utilização dos elementos simbólicos extraídos do folclore andaluz, unindo poesia e música, de que é exemplo o ritual da boda que aparece no ato segundo. Com efeito, Lorca cria enorme riqueza plástica e musical para o seu teatro, implicando um jogo cênico que valoriza o corpo e a captação do ambiente em seus aspectos visuais e sonoros. E não é casual o uso que o autor faz dos elementos cromáticos para definir os cenários; esse uso produz uma conotação simbólica para os ambientes, encaminhando para a pobreza do campo, para a rivalidade familiar, recriando assim a realidade social andaluza.

Mas, se a presença folclórica da Andaluzia pela utilização de recursos cênicos torna *Bodas de sangue* um referente indiscutível da identidade espanhola, são esses mesmos recursos sonoros e cromáticos que criam espaços psicológicos alheios à razão e a uma identidade específica. Estes impulsionam para uma percepção sensorial sobre a racional como um elemento de conexão com o inconsciente coletivo, alcançando assim uma dimensão universalizante e um significado transcendente. Seus personagens são movidos, cada um ao seu modo, por determinada realidade: a obsessão, a força sexual, o instinto. E nisso há um significado transcendente, universal; agem como fantoches, todos são guiados pelo fato. E o fato, inexoravelmente, é a morte, pressagiada desde o início do ato primeiro ou mesmo do título *Bodas de sangue*, se assim se quer. E o que é a morte, senão a retomada dos conflitos que giram ao redor da ideia de justiça presentes no teatro espanhol desde Calderón de la Barca? É a honra, tão cara ao espírito espanhol, mas também tão importante como objeto conceitual a todo ser humano. Ora, a honra, cujas manchas só o sangue pode lavar.

A valorização do ritmo e o empenho na criação de uma expressividade simples e estilizada aproximam o teatro lorquiano do universal. Em *Bodas de sangue* os personagens têm nomes genéricos e são caracterizados por seus traços dominantes. Os protagonistas, mas também os demais personagens que ocupam o centro da trama, são regidos por impulsos vitais, por seu ímpeto, o que anuncia a fidelidade do autor à tragédia grega. De outra perspectiva, também os Lenhadores remetem à tradição clássica do coro ao comentar a ação dramática, que gira ao redor da faca, do cavalo e do rio. Contudo, é a presença de personagens não humanos, como a Lua e a Morte, recurso animista característico das vanguardas, em particular do Surrealismo[8], que fazem romper os limites entre realidade e ficção, atribuindo um caráter simultâneo de realidade e fantasia a *Bodas*. Lorca propõe uma função mítica e ritual para a Lua que acompanha a dimensão ritual das ações humanas. *Bodas de sangue* tem uma estrutura fechada; a ação tem início na casa da Mãe do Noivo com o episódio da navalha e se encerra na mesma casa da Mãe do Noivo, com uma espécie de canto responsório das Mulheres que invoca a faca como elemento simbólico para a morte.

É da junção de todos esses elementos que se extrai a universalidade de *Bodas de sangue*. Sua força última reside nessa universalidade e não no caráter folclórico ou num espanholismo essencial, canônico, estereotipado e *gitano*. A força trágica presente na mais conhecida obra teatral de Federico García Lorca está imersa em sua temática: o poder da paixão, a frustração, o passar do tempo, a morte, a luta entre indivíduo e sociedade.

---

[8] Neste texto, optou-se por valorizar mais os aspectos da obra de Lorca vinculados ao Século de Ouro. Isso não exclui, por óbvio, a importante influência dos movimentos vanguardistas em sua obra. Particularmente, o Surrealismo exerceu grande influência sobre o autor. A título muito mais ilustrativo que analítico, pode-se afirmar que o Surrealismo é um movimento estético que aporta uma nova concepção criadora exaltando o subconsciente e colocando em destaque o sonho, a fantasia e a magia. Motivos como a morte, o amor desmesurado, o sangue, o sexo e a liberdade total são frequentes, criando imagens muitas vezes insólitas. Em terras espanholas há um evidente influxo do Surrealismo nos escritores da Geração de 27, à qual García Lorca pertencia.

## Bibliografia para esta edição

AGUINAGA, Carlos B. et alii. *Historia social de la literatura española*, vol. II, Madrid: Ediciones Akal, 2000, 3ª ed.

ALVAR, Carlos et alii. *Breve historia de la literatura española*, Madrid: Alianza Editorial, 1997.

ANTICH, Santiago Querr. "Un drama de Federico García Lorca", in: *Literatura y linguistica*, nº 11, Santiago de Chile: Universidad Catolica Silva Henriquez, 1998.

CARRETER, Fernando L. *Introducción a Bodas de Sangre*, Madrid: Espasa Calpe, 2002, 29ª ed.

DOMENECH, Ricardo. *García Lorca y la tragedia española*, Madrid: Fundamentos, 2008.

GARCÍA LORCA, Federico. *Conferencias I*, edición de Cristhofer Maurer, Madrid: Alianza Editorial, 1984.

________________________. *Bodas de Sangre*, Buenos Aires: Longseller, 2007.

________________________. *Bodas de Sangre*, Madrid: Cátedra, 1994.

________________________. *Bodas de Sangre*, Madrid: Espasa-Calpe, 2006.

GARCÍA POSADA, Miguel. Introducción al vol. III – *Teatro – Obras Completas. Federico García Lorca*, Madrid: Akal, 1980.

LAPESA, Rafael. *El legado cultural de España al siglo XXI*, Barcelona: Círculo de lectores, 1992.

RAMOS GIL, Carlos. *Claves líricas de García Lorca: Ensayos*

*sobre la expresión y los climas poéticos lorquianos*, Madrid: Aguilar, 1967.

SORIA OLMEDO, Andrés (ed.) *Lecciones sobre Federico García Lorca*, Granada: Comisión Nacional del Cincuentenario, 1986.

# Bodas de Sangue

## Tragédia em três atos e sete quadros (1933)

## Personagens

A MÃE
A NOIVA
A SOGRA
A MULHER DE LEONARDO
A CRIADA
A VIZINHA
MOÇAS
LEONARDO
O NOIVO
O PAI DA NOIVA
A LUA
A MORTE (COMO MENDIGA)
LENHADORES
RAPAZES

# Primeiro Ato

## Primeiro quadro

Aposento pintado de amarelo.

NOIVO (*Entrando.*)
— Mãe.

MÃE
— O quê?

NOIVO
— Já vou.

MÃE
— Aonde?

NOIVO
— Ao vinhedo.
(*Saindo.*)

MÃE
— Espera.

NOIVO
— A senhora quer alguma coisa?

MÃE
— Filho, o almoço.

NOIVO
— Deixe. Vou comer uvas. Passe-me a navalha.

MÃE
— Para quê?

NOIVO (*Rindo.*)
— Para cortá-las.

MÃE. (*Entre os dentes e procurando a navalha.*)
— A navalha, a navalha... Malditas sejam todas e o patife que as inventou.

NOIVO
— Vamos mudar de assunto.

MÃE
— E as escopetas, e as pistolas, e a menor das facas, e até mesmo todas as pás e ancinhos.

NOIVO
— Bom...

MÃE
— Tudo o que pode cortar o corpo de um homem. Um homem bonito, com uma flor na boca, que sai para os vinhedos ou vai aos seus oliveirais, porque são dele, herdados...

NOIVO (*Abaixando a cabeça.*)
— A senhora pode ficar quieta?

MÃE
— ... e esse homem não volta. Ou se volta é para que o cubram com uma palma ou um prato de sal grosso para que não inche. Não sei como te atreves a levar uma navalha contigo, nem como eu deixo a serpente dentro do baú.

NOIVO
— Já não está satisfeita?

MÃE
— Cem anos eu vivesse, não falaria de outra coisa. Primeiro teu pai, que cheirava a cravo e que pude ter por apenas três poucos anos. Em seguida, teu irmão. E é justo e possível que uma coisa pequena como uma pistola ou uma navalha possa acabar com um homem que é como um touro? Não me calo nunca. Passam os meses e o desespero me fere os olhos e me arrepia até as pontas dos cabelos.

NOIVO (*Em um tom forte.*)
— Vamos acabar com isso?

MÃE
— Não. Não vamos acabar com isso. Alguém pode me trazer teu pai de volta? E teu irmão? E, em seguida, a prisão. O que é a prisão? Ali comem, ali fumam, ali tocam instrumentos! Meus mortos cheios de mato por cima, sem falar, transformados em pó; dois homens que eram como dois gerânios... Os matadores, presos, viçosos, olhando as montanhas...

NOIVO
— E a senhora quer que eu os mate?

MÃE
— Não... Se falo é porque... Como não vou falar vendo-te sair por esta porta? É que não gosto que carregues a navalha. É que... não queria que saísses para o campo.

NOIVO (*Rindo.*)
— Vá, vá!

MÃE
— Gostaria que fosses uma mulher. Não irias ao riacho agora e bordaríamos passamanarias e cachorrinhos de lã.

NOIVO (*Pega a Mãe pelo braço e ri.*)
— Mãe, e se eu a levasse comigo ao vinhedo?

MÃE
— E o que uma velha faria em um vinhedo? Levar-me-ias para debaixo dos parreirais?

NOIVO (*Levantando-a nos braços.*)
— Velha, velhota, velhotinha.

MÃE
— Teu pai, sim, que me levava. Isso é boa casta. Sangue. Teu avô deixou um filho em cada esquina. Isso eu gosto. Os homens, homens; o trigo, trigo.

NOIVO
— E eu, mãe?

MÃE
— Tu o quê?

NOIVO
— Preciso dizer novamente?

MÃE (*Séria.*)
— Ah!

NOIVO
— A coisa lhe parece má?

MÃE
— Não.

NOIVO
— Então?

MÃE
— Eu mesma não sei. Assim, de supetão, sempre me surpreende. Eu sei que a moça é boa. Não é mesmo? Educada. Trabalhadora. Amassa seu pão e costura suas saias; mas sinto, no entanto, quando falo dela, como se me dessem uma pedrada na testa.

NOIVO
— Bobagens.

MÃE
— Sim, uma grande bobagem! É que depois ficarei só. Já não me resta ninguém a não ser tu, e sinto que te vás.

NOIVO
— Mas a senhora virá conosco.

MÃE
— Não. Não posso deixar aqui sozinhos teu pai e teu irmão. Tenho de os ver todas as manhãs, e se parto pode muito bem ser que morra um dos Félix — um da família dos matadores — e enterrem-no ao lado deles. Isso jamais! Ah, isso jamais! Desenterro-os com as unhas, sozinha atiro-os contra a parede.

NOIVO (*Enérgico.*)
— E volta outra vez ao assunto!

MÃE
— Perdão.
(*Pausa.*)
Há quanto tempo estão juntos?

NOIVO
— Três anos. Já pude comprar o vinhedo.

MÃE
— Três anos. Ela teve um noivo antes, não é?

NOIVO
— Não sei. Creio que não. Mas as moças têm de olhar com quem se casam.

MÃE
— Sim. Eu não olhei para ninguém. Olhei para teu pai, e, quando o mataram, olhei para a parede em frente. Uma mulher com um homem, e isso é tudo.

NOIVO
— A senhora sabe que minha noiva é boa.

MÃE
— Não duvido. De todo modo, sinto não saber como era a mãe dela.

NOIVO
— Mas o que isso interessa?

MÃE (*Fitando-o.*)
— Filho.

NOIVO
— O que a senhora quer?

MÃE
— É verdade! Tens razão. Quando queres que eu faça o pedido?

NOIVO (*Alegre.*)
— O que acha de domingo?

MÃE (*Séria.*)
— Levarei os brincos de ouro velho, que são antigos, e tu compras...

NOIVO
— A senhora entende dessas coisas melhor que eu.

MÃE
— Compras-lhe umas bordadas e para ti dois ternos... Três! Só tenho a ti.

NOIVO
— Já vou. Amanhã irei vê-la.

MÃE
— Sim, sim, e vê se me alegra com seis netos, ou quantos filhos quiseres, já que teu pai não teve tempo de dá-los a mim.

NOIVO
— O primeiro é para a senhora.

MÃE

— Sim, mas que venham meninas. Eu quero fazer bordados e ficar tranquila.

NOIVO

— Estou seguro de que a senhora gostará de minha noiva.

MÃE

— Gostarei.

(*Dirige-se para beijá-lo, mas muda de ideia.*)

Anda, já estás muito grande para beijos. Dá-os em tua mulher.

(*Pausa; diz à parte*:)

Quando for hora.

NOIVO

— Já vou.

MÃE

— Cava bem a parte do moinho, pois está descuidada.

NOIVO

— Está bem.

MÃE

— Fica com Deus.

(*Sai o Noivo. A Mãe fica sentada de costas para a porta. Aparece na porta uma Vizinha vestida de cor escura, com um lenço na cabeça.*)

— Entra.

VIZINHA

— Como estás?

MÃE

— Bem.

VIZINHA

— Saí da loja e vim ver-te. Vivemos tão longe!

MÃE

— Há vinte anos não subo ao alto da rua.

VIZINHA
— Tu estás bem.

MÃE
— Achas?

VIZINHA
— As coisas passam. Há dois dias trouxeram o filho da minha vizinha com os braços cortados por uma máquina.
(*Senta-se.*)

MÃE
— Rafael?

VIZINHA
— Sim. E ali está ele. Muitas vezes penso que teu filho e o meu estão melhor onde estão, dormindo, descansando, e não passíveis de ficarem inúteis.

MÃE
— Cala-te. Tudo isso é invenção, não consolo.

VIZINHA
— Ai!

MÃE
— Ai!
(*Pausa.*)

VIZINHA (*Triste.*)
— E teu filho?

MÃE
— Saiu.

VIZINHA
— Finalmente comprou o vinhedo!

MÃE
— Teve sorte.

VIZINHA
— Agora se casará.

MÃE (*Como que despertando de um sonho e aproximando sua cadeira à da Vizinha.*)
— Escuta.

VIZINHA (*Em atitude de confidência.*)
— Diz.

MÃE
— Conheces a noiva do meu filho?

VIZINHA
— É uma boa moça.

MÃE
— Sim, mas...

VIZINHA
— Mas não há quem a conheça a fundo. Vive só com o pai ali, tão longe, a dez léguas da casa mais próxima. Mas é boa moça. Acostumada à solidão.

MÃE
— E a mãe?

VIZINHA
— Conheci-lhe a mãe. Bonita. O rosto reluzente de santa. Mas jamais gostei dela. Não amava o marido.

MÃE (*Enérgica.*)
— Mas quanta coisa sabes das pessoas!

VIZINHA
— Desculpa. Não quis ofender; mas é verdade. Agora, se foi decente ou não, ninguém disse nada. Disso nunca se falou. Ela era orgulhosa.

MÃE
— Mas tu não mudas!

VIZINHA
— Tu me perguntaste.

MÃE
— É que gostaria que ninguém houvesse conhecido nem a viva nem a morta. Que fossem como dois cardos aos quais ninguém dirige a palavra, e que cravam os espinhos quando chega o momento.

VIZINHA
—Tens razão. Teu filho vale muito.

MÃE
— Vale. Por isso tenho cuidado. Disseram-me que a moça teve outro noivo há algum tempo.

VIZINHA
— Ela tinha quinze anos. Ele se casou há dois anos, com uma prima dela, a propósito. Ninguém se lembra do noivado.

MÃE
— Como te recordas tu?

VIZINHA
— Fazes cada pergunta!

MÃE
— A cada um interessa inteirar-se do que lhe dói. Quem foi o noivo?

VIZINHA
— Leonardo.

MÃE
— Que Leonardo?

VIZINHA
— Leonardo, o dos Félix.

MÃE (*Levantando-se.*)
— Dos Félix!

VIZINHA
— Mulher, que culpa tem Leonardo? Ele tinha oito anos quando houve os problemas.

MÃE
— É verdade. Mas ouço falar dos Félix e é como se (*Entre os dentes.*) a boca me enchesse de lodo (*Cospe.*), e tenho de cuspir, tenho de cuspir para não matar.

VIZINHA
— Sossega. Que proveito tiras disso?

MÃE
— Nenhum. Mas tu compreendes.

VIZINHA
— Não te oponhas à felicidade de teu filho. Não lhe digas nada. Estás velha. Eu também. E a ti e a mim nos resta calar.

MÃE
— Não direi nada.

VIZINHA (*Beijando-a.*)
— Nada.

MÃE (*Serena.*)
— As coisas da vida!

VIZINHA
— Vou indo, que logo minha gente chegará dos campos.

MÃE
— Viste que dia quente?

VIZINHA
— Estavam trigueiros os meninos que levam água aos ceifadores. Adeus, mulher.

MÃE
— Adeus.
(*A Mãe se dirige à porta da esquerda. Detém-se no meio do caminho e lentamente se persigna.*)

DESCE A CORTINA

## Segundo quadro

Aposento pintado de rosa com cobre e ramos de flores populares. No centro, uma mesa com passadeira. É de manhã.

(*A Sogra de Leonardo com um menino nos braços, ninando-o. A Mulher de Leonardo, do outro lado, tricota ponto meia.*)

SOGRA
— Dorme, menino, dorme,
do cavalo grande
que não quis água.
A água era negra
dentro dos ramos.
Quando chega à ponte
detém-se e canta.
Quem dirá, meu menino,
o que tem a água,
com sua longa cauda,
por sua verde sala?

MULHER
— Dorme, cravo,
que o cavalo não quer beber.

SOGRA
Dorme, roseiral,
que o cavalo se põe a chorar.
As patas feridas,
as crinas geladas,

dentro dos olhos
um punhal de prata.
Desciam ao rio.
Ai, como iam!
O sangue corria
mais forte que a água.

MULHER
— Dorme, cravo,
que o cavalo não quer beber.

SOGRA
— Dorme, roseiral,
que o cavalo se põe a chorar.

MULHER
— Não quis tocar
a margem molhada
seu beiço quente
com moscas de prata.
Aos montes duros
só relinchava
com o rio morto
sobre a garganta.
Ai, cavalo grande
que não quis água!
Ai, dor de neve,
cavalo da alvorada!

SOGRA
— Não venhas! Para,
fecha a janela
com ramos de sonhos
e sonhos de ramos.

MULHER
— Meu menino dorme.

SOGRA
— Meu menino se cala.

MULHER
— Cavalo, meu menino
tem uma almofada.

SOGRA
— Seu berço de aço.

MULHER
— Sua colcha de holanda.

SOGRA
— Dorme, menino, dorme.

MULHER
— Ai, cavalo grande
que não quis água!

SOGRA
— Não venhas, não entres!
Segue para a montanha.
Pelos vales cinza
onde está a égua.

MULHER (*Fitando-o.*)
— Meu menino dorme.

SOGRA
— Meu menino descansa.

MULHER (*Baixinho.*)
— Dorme, cravo,
que o cavalo não quer beber.

SOGRA (*Levantando-se e bem baixinho.*)
— Dorme, roseiral,
que o cavalo se põe a chorar.

(*Entram com o menino. Surge Leonardo.*)

LEONARDO
— E o menino?

MULHER
— Dormiu.

LEONARDO
— Ontem não passou bem. Chorou à noite.

MULHER (*Alegre.*)
— Hoje está como uma dália. E tu? Foste à casa do ferreiro?

LEONARDO
— Venho de lá. Acreditas? Há mais de dois meses venho colocando ferraduras novas no cavalo e sempre caem. Pelo visto, ele as arranca nas pedras.

MULHER
— E não será porque o usas muito?

LEONARDO
— Não. Quase não o utilizo.

MULHER
— Ontem, as vizinhas me disseram que te viram no fim da planície.

LEONARDO
— Quem te disse isso?

MULHER
— As mulheres que colhem alcaparras. Claro que fiquei surpresa. Eras tu?

LEONARDO
— Não. Que faria eu ali, naquela terra seca?

MULHER.
— Foi o que eu disse. Mas o cavalo estava coberto de suor...

LEONARDO
— Tu o viste?

MULHER
— Não. Minha mãe.

LEONARDO
— Ela está com o menino?

MULHER
— Sim. Queres um refresco de limão?

LEONARDO
— Com água bem fria.

MULHER
— Então não vieste almoçar!

LEONARDO
— Estive com os medidores de trigo. Sempre tomam o nosso tempo.

MULHER (*Fazendo o refresco e mui ternamente*:)
— E pagam bom preço?

LEONARDO
— O justo.

MULHER
— Está me fazendo falta um vestido, e, para o menino, um gorro com laços.

LEONARDO (*Levantando-se*.)
— Vou vê-lo.

MULHER
— Cuida que está dormindo.

SOGRA (*Saindo*.)
— Mas quem sai nessas carreiras com o cavalo? Está lá embaixo,

estendido, com os olhos desorbitados como se tivesse chegado do fim do mundo.

LEONARDO (*Asperamente.*)
— Eu.

SOGRA
— Perdão, sei que é teu.

MULHER (*Timidamente.*)
— Ele esteve com os medidores de trigo.

SOGRA
— Por mim, que arrebente.
(*Senta-se. Pausa.*)

MULHER
— O refresco está bem frio?

LEONARDO
— Sim.

MULHER
— Sabes que pedirão a mão à minha prima?

LEONARDO
— Quando?

MULHER
— Amanhã. O casamento será dentro de um mês. Espero que nos convidem.

LEONARDO (*Sério.*)
— Não sei.

SOGRA
— Creio que a mãe dele não estava muito satisfeita com o casamento.

LEONARDO
— E talvez tenha razão. É de se ter cuidado com ela.

MULHER
— Não gosto que penseis mal de uma boa moça.

SOGRA
— Mas quando ele diz isso é porque a conhece. Não vês que foi três anos noiva dele? (*Maliciosamente*.)

LEONARDO
— Mas a deixei.
(*À sua Mulher*:)
Vais chorar agora? Para com isso!
(*Tira-lhe bruscamente as mãos do rosto*.)
Vamos ver o menino.

(*Entram abraçados. Aparece a Moça, alegre. Entra correndo*.)

MOÇA
— Senhora.

SOGRA
— O que se passa?

MOÇA
— Chegou o Noivo na loja e comprou o que de melhor havia.

SOGRA
— Veio só?

MOÇA
— Não, com a Mãe... Séria, alta.
(*Imitando-a*.)
Mas que luxo!

SOGRA
— Eles têm dinheiro.

MOÇA
— E compraram umas meias bordadas! Ai, que meias! Aquelas que as mulheres sonham ter! A senhora veja: uma andorinha aqui (*Mostra o tornozelo.*), um barco aqui (*Mostra a panturrilha.*), e aqui uma rosa (*Mostra a coxa.*).

SOGRA
— Menina!

MOÇA
— Uma rosa com as sementes e o talo! Ai, tudo de seda!

SOGRA
— Vão unir dois bons capitais.

(*Aparecem Leonardo e sua Mulher*)

MOÇA
— Venho contar-lhes o que estão comprando.

LEONARDO (*Enérgico.*)
— Não nos importa.

MULHER
— Deixa-a.

SOGRA
— Leonardo, não é caso para tanto.

MOÇA
— O senhor me desculpe.
(*Sai chorando.*)

SOGRA
— Que necessidade tens de portar-te mal com os outros?

LEONARDO
— Não perguntei a opinião da senhora.
(*Senta-se.*)

SOGRA
— Está bem.
(*Pausa.*)

MULHER (*A Leonardo*:)
— O que tu tens? Que ideia te agita a cabeça? Não me deixes assim, sem saber nada...

LEONARDO
— Deixa-me em paz.

MULHER
— Não. Quero que me olhes e me digas.

LEONARDO
— Deixa-me.
(*Levanta-se.*)

MULHER
— Aonde vais, filho?

LEONARDO (*Seco.*)
— Podes ficar calada?

SOGRA (*Enérgica, à filha*:)
— Quieta!
(*Sai Leonardo.*)
O menino!
(*Entra e volta a sair com ele nos braços. A Mulher permanece em pé, imóvel.*)
As patas feridas,
a crina gelada,
dentro dos olhos
um punhal de prata.
Desciam ao rio,
ai, como desciam!
O sangue corria
mais forte que a água.

MULHER (*Voltando-se lentamente e como que em um sonho.*)
— Dorme, cravo,
que o cavalo
não quer beber.

SOGRA
— Dorme, roseiral,
que o cavalo
se põe a chorar.

MULHER
— Dorme, menino, dorme.

SOGRA
— Ai, cavalo grande
que não quis água!

MULHER (*Dramática.*)
— Não venhas, não entres!
Volta para a montanha!
Ai, dor de neve,
cavalo da alvorada!

SOGRA (*Chorando.*)
— Meu menino dorme...

MULHER (*Chorando e aproximando-se lentamente.*)
— Meu menino descansa...

SOGRA
— Dorme, cravo,
que o cavalo
não quer beber.

MULHER (*Chorando e apoiando-se sobre a mesa.*)
— Dorme, roseiral,
que o cavalo
se põe a chorar.

DESCE A CORTINA

# Terceiro quadro

Interior da casa onde vive a noiva. Ao fundo, uma cruz de grandes flores cor-de-rosa.
As portas, redondas, com cortinas de renda e laços rosa.
Pelas paredes, de material branco e duro, leques redondos, jarros azuis e pequenos espelhos.

CRIADA
— Entrem...
(*Muito afável, cheia de humildade hipócrita. Entram o Noivo e sua Mãe. A Mãe veste seda negra e mantilha de renda. O Noivo, de veludo preto, com uma grande corrente de ouro.*)
— Querem sentar-se? Logo eles aparecem.
(*Sai.*)

(*Ficam a Mãe e o filho sentados, imóveis como estátuas. Pausa longa.*)

MÃE
— Estás com o relógio?

NOIVO
— Sim. (*Pega o relógio e o consulta.*)

MÃE
— Temos de voltar a tempo. Que distante vive esta gente!

NOIVO
— Mas estas terras são boas.

MÃE
— Boas, mas demasiadamente solitárias. Quatro horas de caminhada, nem uma casa ou árvore.

NOIVO
— Estas são as que não recebem irrigação.

MÃE
— Teu pai as haveria coberto de árvores.

NOIVO
— Sem água?

MÃE
— Pois ele a buscaria. Nos três anos que esteve casado comigo plantou dez cerejeiras. (*Rememorando.*) As três nogueiras do moinho, um vinhedo inteiro e uma planta que se chama Júpiter, que dá flores encarnadas e que secou. (*Pausa.*)

NOIVO (*Fazendo referência à Noiva.*)
— Deve estar se vestindo.

(*Entra o Pai da Noiva. Tem bastante idade, de cabelo branco reluzente. Traz a cabeça inclinada. A Mãe e o Noivo se levantam e dão-se as mãos em silêncio.*)

PAI
— Muito tempo de viagem?

MÃE
— Quatro horas.
(*Sentam-se.*)

PAI
— Viestes pelo caminho mais longo.

MÃE

— Estou velha para andar pela beira do rio.

NOIVO

— Ela fica nauseada.

(*Pausa*.)

PAI

— Boa colheita de juncos.

NOIVO

— Foi boa mesmo.

PAI

— No meu tempo nem esparto dava nesta terra. Foi necessário castigá-la e até chegar a chorar para que nos desse algo proveitoso.

MÃE

— Mas agora dá. Não te queixes. Não venho pedir-te nada.

PAI (*Sorrindo*.)

— Tu és mais rica que eu. Os vinhedos valem um grande capital. Cada parreira, uma moeda de prata. O que sinto é que as terras... entendes?... estejam separadas. Prefiro tudo junto. Um espinho fincado tenho em meu coração, e é a hortinha que está encravada entre minhas terras, que não querem vender-me nem por todo ouro do mundo.

NOIVO

— Isso sempre acontece.

PAI

— Se pudéssemos, com vinte pares de bois, trazer teu vinhedo para cá e colocá-lo na ladeira. Que alegria seria!

MÃE

— Para quê?

PAI

— O meu é dela, e o teu é dele. Para vê-lo todo junto, que junto é uma beleza!

NOIVO

— E seria menos trabalho.

MÃE

— Quando eu morrer, vós podeis vender aquilo e comprar aqui ao lado.

PAI

— Vender! Vender! Bah! Comprar, filha, comprar tudo. Se eu tivesse tido filhos teria comprado todo este monte até a parte do riacho. Porque não é boa terra, mas com braços se a faz boa, e como não passa gente, não te roubam os frutos e podes dormir tranquilo. (*Pausa*.)

MÃE

— Tu sabes a que venho.

PAI

— Sim.

MÃE

— E?

PAI

— Parece-me bem. Eles já conversaram.

MÃE

— Meu filho tem e pode.

PAI

— Minha filha também.

MÃE

— Meu filho é bonito. Não conheceu mulher. Ele tem a honra mais limpa que lençol quarado ao sol.

PAI

— É o que digo da minha. Faz pão às três, antes do alvorecer. Não fala nunca; é suave como a lã; faz toda classe de bordados; e pode cortar um sisal com os dentes.

MÃE
— Deus bendiga tua casa.

PAI
— Que Deus a bendiga.

(*Aparece a Criada com duas bandejas: uma com taças e a outra com doces.*)

MÃE (*Ao filho*:)
— Para quando quereis a boda?

NOIVO
— Na próxima quinta-feira.

PAI
— Dia em que ela completa vinte e dois anos justos.

MÃE
— Vinte e dois anos! Essa idade teria meu filho mais novo, se vivo estivesse. E viveria caloroso e macho como era, se os homens não houvessem inventado as navalhas.

PAI
— Não deves pensar nisso.

MÃE
— Cada minuto. Tenta imaginar a minha dor.

PAI
— Então será na quinta-feira. É isso?

NOIVO
— É isso.

PAI
— Os noivos e nós iremos de carruagem até a igreja, que fica distante daqui, e o cortejo irá nas carruagens e cavalos que trouxer.

MÃE
— De acordo.
(*Entra a Criada.*)

PAI
— Diz a ela que já pode entrar.
(*À mãe*:)
Ficarei muito feliz se ela te agradar.

(*Aparece a Noiva. Traz as mãos caídas em atitude modesta e com a cabeça baixa.*)

MÃE
— Aproxima-te. Estás contente?

NOIVA
— Sim, senhora.

PAI
— Não deverias estar tão séria. Afinal, ela será tua mãe.

NOIVA
— Estou contente. Se disse sim, foi porque quis dizê-lo.

MÃE
— Naturalmente.
(*Pega-lhe no queixo.*)
Olha para mim.

PAI
— Ela se parece em tudo com minha mulher.

MÃE
— Sim? Que belos olhos! Tu sabes o que é casar, criatura?

NOIVA (*Séria.*)
— Sei.

MÃE
— Um homem, uns filhos e uma parede de dois palmos de largura separando-os de todo o resto.

NOIVO
— E faz falta outra coisa?

MÃE
— Não. Que vivam todos. Isso! Que vivam!

NOIVA
— Saberei honrar meus deveres.

MÃE
— Aqui tens alguns presentes.

NOIVA
— Obrigada.

PAI
— Comeremos ou beberemos alguma coisa?

MÃE
— Não, obrigada.
(*Ao Noivo*:)
E tu?

NOIVO
— Comerei.
(*Pega um doce. A Noiva pega outro.*)

PAI (*Ao Noivo*:)
— Vinho?

MÃE
— Ele não bebe.

PAI
— Melhor!
(*Pausa. Todos estão em pé.*)

NOIVO (*À Noiva*:)
— Virei amanhã.

NOIVA
— A que horas?

NOIVO
— Às cinco.

NOIVA
— Eu te espero.

NOIVO
— Quando saio do teu lado, sinto uma grande nostalgia, fico com um nó na garganta.

NOIVA
— Quando fores meu marido, não te sentirás mais assim.

NOIVO
— É o que penso.

MÃE
— Vamos. O sol não espera.
(*Ao Pai*:)
Estás de acordo com tudo?

PAI
— Estou.

MÃE (*À Criada*:)
— Adeus, mulher.

CRIADA
— Vão com Deus.
(*A Mãe beija a Noiva, e vão saindo em silêncio*.)

MÃE (*À porta*.)
— Adeus, filha.
(*A Noiva faz um aceno de adeus*.)

PAI
— Eu vos acompanho.
(*Saem.*)

CRIADA
— Estou louca para ver os presentes.

NOIVA (*Em tom áspero.*)
— Solta.

CRIADA
— Ai, menina, mostra-os!

NOIVA
— Não quero.

CRIADA
— Ao menos as meias. Dizem que são todas bordadas. Vamos lá, mulher!

NOIVA
— Não, não!

CRIADA
— Por Deus! Está bem. É como se não tivesses vontade de te casar.

NOIVA (*Mordendo a mão com raiva.*)
— Ai!

CRIADA
— Menina, filha, o que se passa contigo? Sentes deixar tua vida de rainha? Não penses em coisas amargas. Tens motivos? Nenhum. Vamos ver os presentes.
(*Pega a caixa.*)

NOIVA (*Pegando-a pelos punhos.*)
— Solta.

CRIADA
— Ai, mulher.

NOIVA
— Solta, já disse.

CRIADA
— Tens mais força que um homem.

NOIVA
— E já não fiz trabalhos de homem? Antes fosse homem!

CRIADA
— Não fales assim!

NOIVA
— Solta, já disse. Mudemos de assunto.

(*A luz vai desaparecendo de cena. Pausa longa.*)

CRIADA
— Notaste um cavalo à noite?

NOIVA
— A que horas?

CRIADA
— Às três.

NOIVA
— Não seria um cavalo desgarrado da tropa?

CRIADA
— Não. Tinha um cavaleiro montado.

NOIVA
— Como sabes?

CRIADA
— Porque vi. Esteve parado à tua janela. Achei muito estranho.

NOIVA
— Não seria meu noivo? Algumas vezes passou por essas horas.

CRIADA
— Não.

NOIVA
— Viste-o?

CRIADA
— Sim.

NOIVA
— Quem era?

CRIADA
— Era Leonardo.

NOIVA (*Enérgica.*)
— Mentira! Mentira! Por que viria aqui?

CRIADA
— Veio.

NOIVA
— Cala-te! Maldita seja tua língua.
(*Ouve-se o ruído de um cavalo.*)

CRIADA (*À janela.*)
— Olha tu mesma. Era ou não era?

NOIVA
— Era!

DESCE A CORTINA RAPIDAMENTE

# Segundo Ato

## Primeiro quadro

Saguão da casa da noiva. Portão ao fundo. É de noite. A noiva surge de anágua rendada, cheia de barrados e pontas bordadas, e com um corpete branco, com os braços desnudos. A criada também.

CRIADA
— Vou acabar de te pentear aqui.

NOIVA
— Não se pode estar lá dentro por causa do calor.

CRIADA
— Nestas terras não refresca nem ao amanhecer.

(*A Noiva senta-se em uma cadeira baixa e olha-se em um espelho de mão. A Criada a penteia.*)

NOIVA
— Minha mãe era de um lugar em que havia muitas árvores. De terra rica.

CRIADA
— Ela era muito alegre!

NOIVA
— Mas se consumiu aqui.

CRIADA
— Foi sua sina.

NOIVA
— Como nos consumimos todas. Estas paredes são puro fogo. Ai, não puxes muito!

CRIADA
— É para arrumar-te melhor essa mecha. Quero que caia sobre a testa.
(*A Noiva se olha no espelho.*)
Ai, que bonita estás!
(*Beija-a com muito amor.*)

NOIVA (*Séria.*)
— Continua me penteando.

CRIADA (*Penteando-a.*)
— Feliz de ti que irás abraçar um homem, que vais beijá-lo, que vais sentir seu peso.

NOIVA
— Cala-te.

CRIADA
— E o melhor será quando te despertes e o sintas ao lado, e ele te roçar os ombros com sua respiração, como uma pluma de rouxinol.

NOIVA (*Enérgica.*)
— Podes ficar quieta?

CRIADA
— Mas, menina, um casamento o que é? Um casamento é isso e nada mais. São os doces? São os ramos de flores? Não. É uma cama resplandecente e um homem e uma mulher.

NOIVA
— Não se deve dizer essas coisas.

CRIADA
— Isso é outro assunto. Mas aquilo é coisa alegre!

NOIVA
— Ou bem amarga.

CRIADA
— Porei as flores de laranjeira daqui até aqui, de modo que a coroa reluza sobre o penteado.
(*Experimenta o ramo de flor de laranjeira.*)

NOIVA (*Olhando-se no espelho.*)
— Traze-as para mim.
(*Pega as flores, olha-as e deixa cair a cabeça, abatida.*)

CRIADA
— O que é isso?

NOIVA
— Deixa-me.

CRIADA
— Não são horas de ficar triste.
(*Com ardor.*)
Devolve o ramo de flor de laranjeira.
(*A Noiva joga o ramo.*)
Menina! Que castigo pedes jogando o ramo de flores no chão? Levanta o rosto! Não queres casar? Diz. Ainda podes mudar de ideia.
(*Levanta-se.*)

NOIVA
— São nuvens. Uma inquietação por dentro; quem nunca a teve?

CRIADA
— Amas teu noivo?

NOIVA
— Amo.

CRIADA
— Sim, sim, estou segura disso.

NOIVA
— Mas esse é um passo muito grande.

CRIADA
— Há que o dar.

NOIVA
— Já me comprometi.

CRIADA
— Vou pôr-te a coroa.

NOIVA (*Sentando-se.*)
— Apressa-te que já devem estar chegando.

CRIADA
— Já terão percorrido pelo menos duas horas do caminho.

NOIVA
— Qual a distância daqui até a igreja?

CRIADA
— Cinco léguas pelo riacho; pela estrada é o dobro.

(*A Noiva se levanta e a Criada se entusiasma ao vê-la.*)

Desperte a noiva
na manhã da boda.
Que os rios do mundo
levem sua coroa!

NOIVA (*Sorridente.*)
— Vamos.

CRIADA (*Beija-a entusiasmada e dança ao seu redor.*)
— Que desperte
com o ramo verde

do laurel florido.
Que desperte
pelo tronco e pelos ramos
dos lauréis!

(*Ouvem-se umas aldrabadas.*)

NOIVA
— Abre! Devem ser os primeiros convidados.
(*Sai. A criada abre e fica surpresa.*)

CRIADA
— Tu?

LEONARDO
— Eu. Bom dia.

CRIADA
— O primeiro!

LEONARDO
— Não me convidaram?

CRIADA
— Sim.

LEONARDO
— Por isso venho.

CRIADA
— E tua mulher?

LEONARDO
— Eu vim a cavalo. Ela está vindo pela estrada.

CRIADA
— Não te encontraste com ninguém?

LEONARDO
— Ultrapassei-os com o cavalo.

CRIADA
— Vais matar o animal com tanta carreira.

LEONARDO
— Quando morrer, morto estará!
(*Pausa*.)

CRIADA
— Senta-te. Ninguém se levantou ainda.

LEONARDO
— E a noiva?

CRIADA
— Vou vesti-la agora mesmo.

LEONARDO
— A noiva! Estará contente!

CRIADA (*Mudando de assunto*.)
— E o menino?

LEONARDO
— Qual?

CRIADA
— Teu filho.

LEONARDO (*Recordando, como que sonolento*.)
— Ah!

CRIADA
— Estão trazendo-o?

LEONARDO
— Não.

(*Pausa*. *Vozes cantando muito longe*.)

VOZES
— Desperte a noiva
na manhã da boda!

LEONARDO
— Desperte a noiva
na manhã da boda.

CRIADA
— São os convidados. Estão longe ainda.

LEONARDO (*Ao mesmo tempo que se levanta.*)
— A noiva estará com uma coroa grande, não é? Não deveria ser tão grande. Um pouco menor lhe cairia melhor. E o noivo já trouxe a flor de laranjeira que ela deve colocar no peito?

NOIVA (*Aparecendo ainda de anáguas e com a coroa de flores de laranjeira posta.*)
— Trouxe.

CRIADA (*Enérgica.*)
— Não saias assim.

NOIVA
— E o que tem?
(*Séria.*)
Por que perguntas se trouxeram a flor de laranjeira? Com que intenção?

LEONARDO
— Nenhuma. Que intenção eu teria?
(*Aproximando-se.*)
Tu, que me conheces, sabes que não tenho nenhuma intenção. Diz-me, quem fui para ti? Abre a memória e refresca tuas recordações. Mas dois bois e um casebre são quase nada. Essa é a questão.

NOIVA
— Por que vens?

NOIVO
— Para ver teu casamento.

NOIVA
— Eu também vi o teu.

LEONARDO
— Tramado por ti, feito com tuas duas mãos. A mim podem matar, mas não me cuspir. E a prata, que brilha tanto, cospe algumas vezes.

NOIVA
— Mentira!

LEONARDO
— Não quero falar, porque sou homem de sangue quente e não quero que todos esses morros ouçam minhas vozes.

NOIVA
— As minhas seriam mais altas.

CRIADA
— Esse assunto não deve continuar. Tu não deves falar do passado.
(*A Criada olha para as portas, presa de inquietude.*)

NOIVA
— Tens razão. Já nem mesmo devo falar contigo. Mas fico louca da vida por vires ver-me e espreitar minhas bodas, e perguntar, cheio de intenções, pela flor de laranjeira. Vai e espera tua mulher na entrada.

LEONARDO
— Mas tu e eu não podemos conversar?

CRIADA (*Com raiva.*)
— Não, não podem conversar.

LEONARDO
— Depois do meu casamento, pensei noite e dia de quem foi a culpa, e cada vez que penso aparece uma culpa nova que engole a outra; mas sempre há culpa!

NOIVA
— Um homem com seu cavalo sabe muito e pode muito para sair abraçando uma moça no meio do deserto. Mas eu tenho orgulho. Por isso me caso. E viverei encerrada com meu marido, a quem devo amar acima de tudo.

LEONARDO
— O orgulho não te servirá de nada.
(*Aproxima-se.*)

NOIVA
— Não te aproximes.

LEONARDO
— Calar e arder são o castigo maior que podemos nos infligir. De que me serviu o orgulho, e não te olhar, e deixar-te acordada todas as noites? De nada! Serviu para me incendiar! Porque tu crês que o tempo cura e que as paredes tapam, e não é verdade, não é verdade. Quando as coisas calam fundo não há quem as arranque!

NOIVA (*Tremendo.*)
— Não devo te ouvir. Não devo ouvir tua voz. É como se bebesse uma garrafa de anis e dormisse em uma colcha de rosas. E me arrasta, e sei que me afogo, mas vou atrás.

CRIADA (*Pegando Leonardo pela lapela.*)
— Tu deves sair agora mesmo!

LEONARDO
— É a última vez que falo com ela. Não temas nada.

NOIVA
— E sei que estou louca, e sei que tenho o coração envenenado, contudo estou quieta para ouvi-lo, para vê-lo agitar os braços.

LEONARDO
— Não posso ficar em paz se não te digo estas coisas. Eu me casei. Casa-te tu agora.

CRIADA (*A Leonardo*.)
— E se casa mesmo!

VOZES (*Cantando mais próximas*.)
— Desperte a noiva
na manhã da boda.

NOIVA
— Desperte a noiva!

(*Sai correndo para seu quarto*.)

CRIADA
— Já chegaram as pessoas.
(*A Leonardo*.)
Não voltes a te aproximar dela.

LEONARDO
— Não te preocupes.
(*Sai pela esquerda*. *Começa a clarear o dia*.)

PRIMEIRA MOÇA (*Entrando*.)
— Desperte a noiva
na manhã da boda;
rode a roda
e em cada varanda uma coroa.

VOZES
— Desperte a noiva!

CRIADA (*Fazendo algazarra*.)
— Que desperte
com o ramo verde
do amor florido.
Que desperte
pelos troncos e ramos
dos lauréis!

SEGUNDA MOÇA (*Entrando*.)
— Que desperte

com os cabelos longos,
camisa de neve,
botas de verniz e prata
e jasmins na fronte.

CRIADA
— Ai, pastora,
que a lua assoma!

PRIMEIRA MOÇA
— Ai, galã,
deixa teu chapéu no olival.

PRIMEIRO RAPAZ (*Entrando com o chapéu ao alto.*)
— Desperte a noiva,
que pelos campos vem
rodando a boda,
com bandejas de dálias
e pães de glória.

VOZES
— Desperte a noiva!

SEGUNDA MOÇA
— A noiva
pôs sua coroa branca,
e o noivo
prende-a com laços de ouro.

CRIADA
— Com chá de erva cidreira,
a noiva não pode dormir.

TERCEIRA MOÇA (*Entrando.*)
— Pelo laranjal o noivo lhe oferece
uma colher e uma toalha de mesa!

(*Entram três Convidados.*)

PRIMEIRO RAPAZ
— Desperta, pomba!
Que a alvorada despeja
sombras sonoras.

CONVIDADO
— A noiva,
a branca noiva,
hoje donzela,
amanhã senhora.

PRIMEIRA MOÇA
— Desce, morena,
arrastando sua cauda de seda.

CONVIDADO
— Desce, moreninha,
que chove o rocio na manhã fria.

PRIMEIRO RAPAZ
— Desperte, senhora, desperte,
porque vem o vento chovendo flores de laranjeira.

CRIADA
— Quero bordar-te uma árvore
cheia de fitas grená,
e em cada fita um amor
com sempre-vivas ao redor.

VOZES
— Desperte a noiva.

PRIMEIRO RAPAZ
— Na manhã da boda!

CONVIDADO
— Na manhã da boda,
que formosa estarás.
Flor do monte, pareces
a mulher de um capitão.

PAI (*Entrando.*)
— A mulher de um capitão
é levada pelo noivo.
Ele vem com seus bois buscar por esse tesouro!

TERCEIRA MOÇA
— O noivo
parece a flor do ouro;
quando caminha,
aos seus pés se agrupam os cravos.

CRIADA
— Ai, minha menina afortunada!

SEGUNDO RAPAZ
— Que desperte a noiva!

CRIADA
— Ai, minha formosa menina!

PRIMEIRA MOÇA
— A boda está chamando pelas janelas.

SEGUNDA MOÇA
— Que venha a noiva.

PRIMEIRA MOÇA
— Que venha, que venha!

CRIADA
— Que toquem e repiquem as campanas!

PRIMEIRO RAPAZ
— Vem chegando! Vem chegando!

CRIADA
— Como um touro a boda levantando-se está!

(*Aparece a noiva. Veste um traje negro, modelo à moda de 1900, cinturado e com longa cauda de seda plissada e barrado de renda. Sobre o penteado, a coroa de flor de laranjeira. Soam os violões. As Moças beijam a Noiva.*)

TERCEIRA MOÇA
— Com que essência perfumaste os cabelos?

NOIVA (*Rindo.*)
— Nenhuma.

SEGUNDA MOÇA (*Olhando o vestido.*)
— Não existe tecido mais lindo que esse.

PRIMEIRO RAPAZ
— Aqui está o noivo!

NOIVO
— Saúde!

PRIMEIRA MOÇA (*Colocando-lhe uma flor na orelha.*)
— O noivo parece a flor do ouro!

SEGUNDA MOÇA
— Um ar de tranquilidade emana de seus olhos!

(*O Noivo dirige-se para o lado da Noiva.*)

NOIVA
— Por que colocaste esses sapatos?

NOIVO
— São mais alegres que os pretos.

MULHER DE LEONARDO (*Entrando e beijando a Noiva.*)
— Saúde!

(*Falam todas, em algazarra.*)

LEONARDO (*Entrando como quem cumpre um dever.*)
— Na manhã da boda
a coroa te poremos.

MULHER
— Para que o campo se alegre
com a água de teus cabelos!

MÃE (*Ao Pai:*)
— Esses dois também estão aqui?

PAI
— Eles são da família. Hoje é dia de perdão!

MÃE
— Vou tolerar, mas não perdoo.

NOIVO
— Estás com a coroa... que alegria te ver com ela!

NOIVA
— Vamos logo para a igreja!

NOIVO
— Tens pressa?

NOIVA
— Sim. Desejo ser tua mulher, e ficar sozinha contigo, e não ouvir outra voz que não seja a tua.

NOIVO
— Eu quero o mesmo!

NOIVA
— E não ver nada mais que teus olhos. E que me abraçasses tão forte, que ainda que minha mãe, que está morta, me chamasse, não pudesse desgarrar-me de ti.

NOIVO

— Eu tenho força nos braços. Vou abraçar-te quarenta anos seguidos.

NOIVA (*Dramática, puxando-o pelo braço.*)

— Sempre!

PAI

— Vamos logo! Tomemos os cavalos e as carruagens, que já saiu o sol!

MÃE

— Que tenhais cuidado! Que não tenhamos má hora!

(*Abre-se o grande portão do fundo. Começam a sair.*)

CRIADA (*Chorando.*)

— Ao sair de tua casa,
branca donzela,
lembra-te de que sais
como uma estrela...

PRIMEIRA MOÇA

— Limpa de corpo e roupa
ao sair de tua casa para a boda.

(*Vão saindo.*)

SEGUNDA MOÇA

— Já sais de tua casa
para a igreja!

CRIADA

— O ar deita flores
pela areia!

TERCEIRA MOÇA

— Ai, branca menina!

CRIADA
— Vento escuro na renda
de tua mantilha.

(*Saem. Ouvem-se violões, baquetas e pandeiros. Ficam sozinhos Leonardo e sua Mulher.*)

MULHER
— Vamos!

LEONARDO
— Aonde?

MULHER
— À igreja. Mas não vás a cavalo. Vem comigo.

LEONARDO
— Na carruagem?

MULHER
— De que mais?

LEONARDO
— Não sou homem de ir de carruagem.

MULHER
— E eu não sou mulher de ir sem marido a um casamento. Já não suporto mais!

LEONARDO
— Tampouco eu!

MULHER
— Por que me olhas assim? Tens um espinho em cada olho.

LEONARDO
— Vamos!

MULHER

— Não sei o que se passa. Mas fico pensando e não quero pensar. Uma coisa sei: já estou aniquilada. Mas tenho um filho. E outro que vem. Vamos andando. A mesma sina teve minha mãe. Mas daqui não saio.

VOZES (*Fora*.)

— Ao sair de tua casa
para a igreja,
lembra-te de que sais
como uma estrela!

MULHER (*Chorando*.)

— Lembra-te de que sais como uma estrela! Assim saí eu de minha casa também. Cabia-me todo o campo no coração.

LEONARDO (*Levantando-se*.)

— Vamos.

MULHER

— Mas vem comigo!

LEONARDO

— Sim.
(*Pausa*.)
Vamos andando!
(*Saem*.)

VOZES

— Ao sair de tua casa
para a igreja,
lembra-te de que sais
como uma estrela.

CAI A CORTINA LENTAMENTE

## Segundo quadro

Exterior da casa da noiva. Tonalidades de branco, cinza e azul frios. Grandes cactos. Tons sombrios e prateados. Panoramas de planícies cor de beiju, tudo endurecido como paisagem de cerâmica popular.

CRIADA (*Arrumando em uma mesa taças e bandejas.*)
— Girava,
girava a roda
e a água passava;
porque chega a boda,
que se afastem os ramos
e a lua se adorne
em sua branca varanda.
(*Em voz alta.*)
Põe as toalhas!
(*Com voz comovida.*)
Cantavam
cantavam os noivos
e a água passava.
Porque chega a boda,
que alumbra a geada
e se enchem de mel
as amêndoas amargas.
(*Em voz alta.*)
Prepara o vinho!
(*Com voz poética.*)

Formosa.
Formosa da terra,
olha como a água passa.
Porque chega tua boda
recolhe tuas saias
e sob a asa do noivo
nunca saias de tua casa.
Porque o noivo é um pombo
com todo o peito em brasa,
e espera, o campo, o rumor
do sangue derramado.
Girava,
girava a roda
e a água passava.
E porque chega tua boda,
deixa que alumbre a água!

MÃE (*Entrando*.)
— Finalmente!

PAI
— Somos os primeiros?

CRIADA
— Não. Há pouco chegou Leonardo com sua mulher. Correram como demônios. A mulher chegou morta de medo. Vieram tão depressa como se houvessem vindo a cavalo.

PAI
— Esse busca a desgraça. Não tem sangue bom.

MÃE
— E que sangue teria? O de toda sua família. Emana do bisavô, que começou matando, e continua em toda a ralé, esses manejadores de facas e gente de sorriso falso.

PAI
— Vamos deixá-lo de lado!

CRIADA
— Como vai deixá-lo de lado?

MÃE
— Dói-me até nas veias. Na fronte de todos eles não vejo mais que a mão com que mataram ao que era meu. Olha para mim: não pareço louca? Pois sou louca de não haver gritado tudo o que meu peito necessita. Tenho em meu peito um grito prestes a sair, ao qual tenho de engolir e meter entre os mantos. Mas levam-se os mortos e há que se calar. E depois as pessoas criticam.
(*Tira o manto.*)

PAI
— Hoje não é dia para que te lembres dessas coisas.

MÃE
— Quando volta o assunto, tenho de falar. E hoje mais ainda. Porque hoje fico só em minha casa.

PAI
— Esperando vir a ter companhia.

MÃE
— Esse é o meu sonho: os netos.
(*Sentam-se.*)

PAI
— Quero que tenham muitos. Esta terra necessita de braços que não sejam pagos. Há que sustentar uma batalha com as ervas daninhas, com os cardos, com os pedregulhos que saem não se sabe de onde. E esses braços têm de ser dos donos, que castiguem e dominem, que façam brotar as sementes. São necessários muitos filhos.

MÃE
— E alguma filha! Os varões são do vento! Têm por força de manejar armas. As meninas não saem jamais à rua.

PAI (*Alegre.*)
— Creio que terão de tudo.

MÃE
— Meu filho a cobrirá bem. É de boa semente. Seu pai poderia haver tido comigo muitos filhos.

PAI
— Gostaria é que isso fosse coisa de um dia. Que logo tivessem dois ou três homens.

MÃE
— Mas não é assim. Demora muito. Por isso é tão terrível ver nosso próprio sangue derramado pelo chão. Uma fonte que corre um minuto, mas que para nós custou anos. Quando cheguei para ver meu filho, estava tombado no meio da rua. Molhei as mãos de sangue e as lambi. Porque era meu. Tu não sabes o que é isso. Eu poria a terra empapada por ele em uma custódia de cristal e topázio.

PAI
— Por ora só tens de esperar. Minha filha é parideira e teu filho é forte.

MÃE
— Assim espero.
(*Levanta-se.*)

PAI
— Prepara as bandejas de trigo.

CRIADA
— Estão preparadas.

MULHER DE LEONARDO (*Entrando.*)
— Que as bodas tragam boa sorte.

MÃE
— Obrigada.

LEONARDO
— Haverá festa?

PAI
— Pequena. As pessoas não podem ficar muito tempo.

CRIADA
— Já estão aqui.

(*Vão entrando os convidados em alegres grupos. Entram os Noivos de braços dados. Sai Leonardo.*)

NOIVO
— Em nenhuma boda se viu tanta gente.

NOIVA (*Sombria.*)
— Em nenhuma.

PAI
— Foi iluminada.

MÃE
— Ramos inteiros de famílias vieram.

NOIVO
— Gente que não saía de casa.

MÃE
— Teu pai semeou muito e agora colhes tu.

NOIVO
— Houve primos meus que já não conhecia.

MÃE
— Toda a gente da costa.

NOIVO (*Alegre.*)
— Espantaram-se com os cavalos.

(*Falam.*)

MÃE (*À Noiva:*)
— O que pensas?

NOIVA
— Não penso em nada.

MÃE
— As bendições pesam muito.

(*Ouvem-se violões.*)

NOIVA
— Como chumbo.

MÃE (*Enérgica.*)
— Mas permanecerão convosco. Leve como pomba deves ser.

NOIVA
— A senhora fica aqui esta noite?

MÃE
— Não. Minha casa está sozinha.

NOIVA
— A senhora devia ficar.

PAI (*À mãe*:)
— Olha o baile que formaram. Danças de lá da beira do mar.

(*Chega Leonardo e senta-se. A Mulher está atrás dele, em atitude rígida.*)

MÃE
— São os primos de meu marido. Duros como pedras para a dança.

PAI
— Alegra-me vê-los. Que mudança para esta casa!
(*Vai-se.*)

NOIVO (*À Noiva*:)
— Gostaste do ramo de flor de laranjeira?

NOIVA (*Olhando-o fixamente.*)
— Sim.

NOIVO
— É todo de cera. Dura para sempre. Teria gostado que o tivesses em todo o vestido.

NOIVA
— Não fez falta.

(*Leonardo sai pela direita.*)

PRIMEIRA MOÇA
— Vamos tirar-te os alfinetes.

NOIVA (*Ao Noivo*:)
— Volto já.

MULHER
— Que sejas feliz com minha prima!

NOIVO
— Tenho certeza.

MULHER
— Aqui os dois, sem nunca sair e a construir a casa. Oxalá eu também vivesse assim, distante!

NOIVO
— Por que não comprais terras? Na montanha é barato e se criam melhor os filhos.

MULHER
— Não temos dinheiro. E pelo caminho que estamos indo!

NOIVO
— Teu marido é um bom trabalhador.

MULHER
— Sim, mas ele é muito agitado. Vai de uma coisa a outra. Não é um homem tranquilo.

CRIADA
— Não quereis nada? Vou preparar umas roscas de vinho para tua mãe, pois ela gosta muito.

NOIVO
— Ponha três dúzias.

MULHER
— Não, não. Meia dúzia já é o bastante.

NOIVO
— Hoje é um dia especial.

MULHER (*À Criada*:)
— E Leonardo?

CRIADA
— Não o vi.

NOIVO
— Deve estar com os convidados.

MULHER
— Vou ver.
(*Vai-se*.)

CRIADA
— A festa está muito bonita.

NOIVO
— Tu não danças?

CRIADA
— Não há quem me tire.

*(Passam ao fundo duas Moças; durante todo este ato, o fundo será um animado cruzar de figuras.)*

NOIVO (*Alegre.*)
— Isso não dá para entender. As velhas cheias de vida como tu dançam melhor que os jovens.

CRIADA
— Mas vais me galantear, menino? Que família a tua! Machos entre machos! Quando pequena vi a boda de teu avô. Que figura! Parecia que se casava uma montanha.

NOIVO
— Eu tenho menos estatura.

CRIADA
— Mas o mesmo brilho nos olhos. E a menina?

NOIVO
— Tirando os adornos dos cabelos.

CRIADA
— Ah, olha, lá pela meia-noite, como o casal não dormirá, preparei presunto e umas taças grandes de vinho antigo. Na parte baixa do armário. Em caso de necessidade.

NOIVO (*Sorridente.*)
— Não como à meia-noite.

CRIADA (*Maliciosamente.*)
— Se tu não, a noiva sim.
(*Vai-se.*)

PRIMEIRO RAPAZ (*Entrando.*)
— Tens de beber conosco!

NOIVO
— Estou esperando a noiva.

SEGUNDO RAPAZ
— Tu a terás na madrugada!

PRIMEIRO RAPAZ
— Que é quando mais agrada!

SEGUNDO RAPAZ
— Fica só por um momento.

NOIVO
— Vamos então.

(*Saem. Ouve-se grande algazarra. Surge a Noiva. Pelo lado oposto saem duas Moças correndo para encontrá-la.*)

PRIMEIRA MOÇA
— A quem deste o primeiro alfinete, a mim ou a ela?

NOIVA
— Não me recordo.

PRIMEIRA MOÇA
— A mim o deste aqui.

SEGUNDA MOÇA
— A mim o deste diante do altar.

NOIVA (*Inquieta e em grande luta interior*.)
— Não me recordo de nada.

PRIMEIRA MOÇA
— É que eu gostaria que tu...

NOIVA (*Interrompendo*:)
— Não me importa. Tenho muito que pensar.

SEGUNDA MOÇA
— Perdoa.

(*Leonardo cruza ao fundo*.)

NOIVA (*Ao ver Leonardo.*)
— E estes momentos são agitados.

PRIMEIRA MOÇA
— Nós não sabemos nada!

NOIVA
— Saberão quando chegar o momento. Estes são passos que custam muito.

PRIMEIRA MOÇA
— Estás desgostosa?

NOIVA
— Não. Peço-vos desculpas.

SEGUNDA MOÇA
— Desculpas de quê? Mas os dois alfinetes servem para nos fazer casar, não é?

NOIVA
— Os dois.

PRIMEIRA MOÇA
— Bem, mas uma se casa antes da outra.

NOIVA
— Tens tanta vontade?

SEGUNDA MOÇA (*Envergonhada.*)
— Sim.

NOIVA
— Para quê?

PRIMEIRA MOÇA
— Pois...
(*Abraçando a segunda.*)

(*Saem a correr as duas. Chega o Noivo e, muito silenciosamente, abraça a Noiva por trás.*)

NOIVA (*Com grande sobressalto.*)
— Solta-me!

NOIVO
— Assustei-te?

NOIVA
— Ah, eras tu?

NOIVO
— E quem mais seria?
(*Pausa.*)
Teu pai ou eu.

NOIVA
— É verdade!

NOIVO
— Mas teu pai te abraçaria mais suavemente.

NOIVA (*Sombria.*)
— Claro!

NOIVO (*Abraça-a com firmeza.*)
— Porque é velho.

NOIVA (*Seca.*)
— Deixa-me!

NOIVO
— Por quê?
(*Solta-a.*)

NOIVA
— Por causa... das pessoas. Podem ver-nos.

(*Volta a cruzar ao fundo a Criada, sem olhar para os Noivos.*)

NOIVO
— E o que tem de mais? Já é sagrado.

NOIVA
— Sim, mas deixa-me... Logo mais.

NOIVO
— O que tens? Pareces assustada!

NOIVA
— Não tenho nada. Fica aqui.

(*Surge a Mulher de Leonardo*.)

MULHER
— Não quero interromper...

NOIVO
— Podes dizer.

MULHER
— Meu marido passou por aqui?

NOIVO
— Não.

MULHER
— Não o encontro; tampouco o cavalo está no estábulo.

NOIVO (*Alegre*.)
— Deve estar dando uma volta.

(*Sai a Mulher, inquieta. Surge a Criada*.)

CRIADA
— Não estais satisfeitos com tantos cumprimentos?

NOIVO
— Já estou desejando que isso acabe. A noiva está um pouco cansada.

CRIADA
— O que é isso, menina?

NOIVA
— Estou com uma dor nas têmporas!

CRIADA
— Uma noiva destas montanhas deve ser forte.
(*Ao Noivo*:)
Tu és o único que pode curá-la, porque é tua.
(*Sai correndo*.)

NOIVO (*Abraçando-a*.)
— Vamos participar um pouco do baile.
(*Beija-a*.)

NOIVA (*Angustiada*.)
— Não. Quero me deitar um pouco.

NOIVO
— Eu te farei companhia.

NOIVA
— Nunca! Com toda essa gente que há por aqui? O que diriam? Deixa-me sossegar um momento.

NOIVO
— Como quiseres! Mas que não fiques assim à noite!

NOIVA (*Na porta*.)
— À noite estarei melhor.

NOIVO
— É o que quero!

(*Aparece a Mãe*.)

MÃE
— Filho.

PRIMEIRA MOÇA
— Já começaram!
(*Sai.*)

NOIVO (*Entrando.*)
— Não está.

MÃE (*Inquieta.*)
— Não?

PAI
— E aonde poderá ter ido?

CRIADA (*Entrando.*)
— E a menina, onde está?

MÃE (*Séria.*)
— Não sabemos.

(*Sai o Noivo. Entram três convidados.*)

PAI (*Dramático.*)
— Mas não está no baile?

CRIADA
— No baile não está.

PAI (*Em um ímpeto.*)
— Há muita gente. Olha bem!

CRIADA
— Já olhei!

PAI (*Trágico.*)
— Mas então onde está?

NOIVO (*Entrando.*)
— Nada. Em nenhum lugar.

MÃE (*Ao Pai*:)
— O que é isto? Onde está tua filha?

(*Entra a Mulher de Leonardo*.)

MULHER
— Fugiram! Fugiram! Ela e Leonardo. A cavalo. Foram abraçados e velozmente!

PAI
— Não é verdade! Minha filha, não!

MÃE
— Tua filha, sim! Planta de mãe maligna, e ele também. Mas agora ela já é mulher de meu filho!

NOIVO (*Entrando*.)
— Vamos atrás! Quem tem um cavalo?

MÃE
— Quem tem um cavalo, rápido, quem tem um cavalo? Darei tudo o que tenho, meus olhos e até minha língua...

VOZ
— Há um aqui.

MÃE (*Ao filho*:)
— Anda! Atrás deles!
(*Sai com dois rapazes*.)
Não. Não vás. Essa gente mata logo e bem... Mas, sim, corre, e eu vou atrás!

PAI
— Não será ela. Quem sabe se atirou na cisterna.

MÃE

— À água se atiram as honradas, as limpas. Essa não! Mas agora já é mulher de meu filho. Dois bandos. Aqui há dois bandos.

(*Entram todos.*)

Minha família e a tua. Saiam todos daqui. Rápido. Vamos ajudar meu filho.

(*Separam-se em dois grupos.*)

Porque ele tem gente. São seus primos do mar e outros que chegam da terra adentro. Fora! Vão por todos os caminhos. Chegou outra vez a hora de derramar sangue. Dois bandos. Tu com o teu, e eu com o meu. Atrás! Atrás deles!

DESCE A CORTINA

# Terceiro Ato

## Primeiro quadro

Bosque. É noite. Grandes troncos úmidos. Ambiente escuro. Ouvem-se dois violinos.

(*Saem três Lenhadores*.)

PRIMEIRO LENHADOR
— Encontraram-nos?

SEGUNDO LENHADOR
— Não. Mas os estão buscando por toda parte.

TERCEIRO LENHADOR
— Logo os encontrarão.

SEGUNDO LENHADOR
— Psiu!

TERCEIRO LENHADOR
— O quê?

SEGUNDO LENHADOR
— Parece que se aproximam por todos os caminhos, simultaneamente.

PRIMEIRO LENHADOR
— Quando despontar a lua, ireis vê-los.

SEGUNDO LENHADOR

— Deveriam deixá-los.

PRIMEIRO LENHADOR

— O mundo é grande. Todos podem viver nele.

TERCEIRO LENHADOR

— Mas os matarão.

SEGUNDO LENHADOR

— Há que seguir a inclinação; fizeram bem em fugir.

PRIMEIRO LENHADOR

— Estavam enganando-se um ao outro, e no fim o sangue pôde mais.

TERCEIRO LENHADOR

— O sangue!

PRIMEIRO LENHADOR

— Há que seguir o caminho do sangue.

SEGUNDO LENHADOR

— Mas sangue que vem à luz é tragado pela terra.

PRIMEIRO LENHADOR

— E daí? Mais vale morrer pelo sangue que viver com ele apodrecido.

TERCEIRO LENHADOR

— Quieto.

PRIMEIRO LENHADOR

— O quê? Ouves algo?

TERCEIRO LENHADOR

— Ouço os grilos, as rãs, a noite.

PRIMEIRO LENHADOR

— Mas o cavalo não parece estar ouvindo nada.

TERCEIRO LENHADOR
— Não.

PRIMEIRO LENHADOR
— Agora ele a estará amando.

SEGUNDO LENHADOR
— O corpo dela era para ele, e o corpo dele, para ela.

TERCEIRO LENHADOR
— Eles os estão procurando e os matarão.

PRIMEIRO LENHADOR
— Já terão, porém, misturado seu sangue, e serão como dois cântaros vazios, como dois riachos secos.

SEGUNDO LENHADOR
— Há muitas nuvens, e talvez a lua não saia.

TERCEIRO LENHADOR
— O noivo os encontrará com lua ou sem lua. Eu o vi sair. Como uma estrela furiosa. A cara cinzenta. Expressava a sina de sua casta.

PRIMEIRO LENHADOR
— Sua casta de mortos no meio da rua.

SEGUNDO LENHADOR
— É isso!

TERCEIRO LENHADOR
— Acreditas que conseguirão romper o cerco?

SEGUNDO LENHADOR
— É difícil. Há facas e escopetas em um raio de dez léguas.

TERCEIRO LENHADOR
— Ele tem um bom cavalo.

SEGUNDO LENHADOR
— Mas carrega uma mulher.

PRIMEIRO LENHADOR
— Já estamos próximos.

SEGUNDO LENHADOR
— Uma árvore de quarenta ramos. Logo a cortaremos.

TERCEIRO LENHADOR
— A lua vai sair. Apressemo-nos.

(*Pela esquerda surge uma claridade.*)

PRIMEIRO LENHADOR
— Ai, lua que sai!
Lua das folhas grandes.

SEGUNDO LENHADOR
— Cheia de jasmins de sangue!

PRIMEIRO LENHADOR
— Ai, lua solitária!
Lua das verdes folhas!

SEGUNDO LENHADOR
— Prata no rosto da noiva.

TERCEIRO LENHADOR
— Ai, lua má!
Deixa para o amor o escuro ramo.

PRIMEIRO LENHADOR
— Ai, triste lua!
Deixa para o amor o ramo escuro!

(*Saem. Pela claridade da esquerda aparece a Lua. A Lua é um Lenhador jovem com o rosto branco. A cena adquire um vivo resplendor azul.*)

LUA
— Cisne redondo no rio,
olho das catedrais,

aurora fingida nas folhas sou;
não poderão escapar!
Quem se oculta? Quem soluça
por entre o matagal do vale?
A lua deixa uma faca
abandonada no ar,
que sendo tocaia de chumbo
quer ser dor de sangue.
Deixa-me entrar! Venho gelada
por paredes e cristais!
Abre os telhados e peitos
onde possa me esquentar.
Tenho frio! Minhas cinzas
de sonolentos metais
buscam a crista do fogo
pelos montes e pelas ruas.
Mas me leva a neve
sobre suas costas de jaspe,
e me inunda, dura e fria,
a água dos tanques.
Pois esta noite terão
minhas faces vermelho sangue,
e os juncos ficarão agrupados
nos largos pés do ar.
Não há sombra nem emboscada
de que possam escapar!
Que quero entrar em um peito
para poder me esquentar!
Um coração para mim!
Caloroso, que se derrame
pelos montes de meu peito;
deixa-me entrar, ai, deixa-me!
(*Aos ramos*:)
Não quero sombras. Meus raios
hão de entrar em todas as partes,
e que haja nos troncos escuros
um rumor de claridades,
para que esta noite tenham
minhas faces doce sangue,
e os juncos fiquem agrupados

nos largos pés do ar.
Quem se oculta? Para fora!
Não, não poderão escapar!
Eu farei luzir o cavalo
em uma febre de diamante.

(*Desaparece entre os troncos e a cena volta à sua luz escura. Sai uma anciã inteiramente coberta por tênues panos verde-escuros. Tem os pés descalços. Seu rosto é apenas adivinhado entre as dobras. Esta personagem não figura na lista de personagens*[1].)

MENDIGA
— Essa lua se vai, e eles se aproximam.
Daqui não passam. O rumor do rio
apagará com o rumor de troncos
o pungente voo dos gritos.
Aqui há de ser, e logo. Estou cansada.
Abrem os cofres, e os brancos fios
aguardam no chão da alcova
corpos pesados com o pescoço ferido.
Não se desperte um pássaro, e a brisa,
recolhendo em sua saia os gemidos,
fuja com eles pelas negras copas
ou os enterre pelo brando limo.
Essa lua, essa lua!
(*Impaciente*.)
Essa lua, essa lua!

(*Aparece a Lua. Volta a luz azul intensa*.)

LUA
— Já se aproximam. Uns pela senda e outros pelo rio. Vou iluminar as pedras. Que necessitas?

---

[1] Embora Garcia Lorca tenha escrito isso, na lista de personagens da peça encenada em Buenos Aires e em Madri constava tal personagem. (N. do E.)

MENDIGA
— Nada.

LUA
— O ar vai chegando cortante como uma lâmina de duplo fio.

MENDIGA
— Ilumina o jaleco e abre os botões,
que depois as navalhas
já sabem o caminho.

LUA
— Mas que demorem muito a morrer.
Que o sangue escorra entre os dedos
o seu delicado sibilo.
Olha que os meus vales de cinza
já despertam na ânsia desta fonte
de jorro estremecido!

MENDIGA
— Não deixemos que passem o riacho. Silêncio!

LUA
— Aí vêm!
(*Vai-se. A cena fica às escuras.*)

MENDIGA
— Depressa. Muita luz! Escutaste-me? Não podem escapar!

(*Entram o Noivo e o Primeiro Rapaz. A mendiga senta-se e oculta-se sob o manto.*)

NOIVO
— Por aqui.

PRIMEIRO RAPAZ
— Não os encontrarás.

NOIVO (*Enérgico.*)
— Sim, eu os encontrarei!

PRIMEIRO RAPAZ
— Creio que foram pela outra senda.

NOIVO
— Não. Eu ouvi há um momento o galope.

PRIMEIRO RAPAZ
— Talvez fosse outro cavalo.

NOIVO (*Dramático.*)
— Ouve: não há mais que um cavalo no mundo, e é esse. Compreendeste? Se queres me seguir, segue-me sem falar.

PRIMEIRO RAPAZ
— É que eu queria...

NOIVO
— Cala-te. Estou seguro de encontrá-los aqui. Vês este braço? Pois não é meu braço. É o braço de meu irmão, e de meu pai, e de toda minha família que está morta. E tem tanto poder que pode arrancar uma árvore com a raiz, se quiser. E vamos logo, que sinto os dentes de todos os meus cravados aqui, de uma maneira que me é impossível respirar tranquilo.

MENDIGA (*Queixando-se.*)
— Ai!

PRIMEIRO RAPAZ
— Ouviste?

NOIVO
— Vai por ali e dá a volta.

PRIMEIRO RAPAZ
— Isso é uma caça.

NOIVO
— Uma caça. A maior que pode haver.

(*Sai o Rapaz. O Noivo se dirige rapidamente para a esquerda e tropeça na mendiga — a morte.*)

MENDIGA
— Ai!

NOIVO
— O que queres?

MENDIGA
— Tenho frio.

NOIVO
— Para onde vais?

MENDIGA (*Sempre se queixando como uma mendiga.*)
— Para longe...

NOIVO
— De onde vens?

MENDIGA
— De lá... de muito longe.

NOIVO
— Viste um homem e uma mulher que corriam montados em um cavalo?

MENDIGA (*Como que despertando.*)
— Espera...
(*Olha para ele.*)
Que moço bonito!
(*Levanta-se.*)
Mas muito mais bonito seria se estivesse dormindo.

NOIVO
— Diz-me. Responde-me. Viste-os?

MENDIGA
— Espera... Que espáduas largas! Não te agrada mais estar

estendido sobre elas e não andar sobre as plantas dos pés, que são tão pequenas?

NOIVO (*Sacudindo-a.*)
— Pergunto se os viste? Passaram por aqui?

MENDIGA (*Enérgica.*)
— Não passaram; mas estão saindo pela colina. Não os ouves?

NOIVO
— Não.

MENDIGA
— Não conheces o caminho?

NOIVO
— Irei, seja como for.

MENDIGA
— Eu te acompanharei. Conheço esta terra.

NOIVO (*Impaciente.*)
— Pois vamos! Por onde?

MENDIGA (*Dramática.*)
— Por ali!

(*Saem rapidamente. Ouvem-se ao longe dois violinos, que representam o bosque. Voltam os Lenhadores. Carregam o machado ao ombro. Passam lentamente entre os troncos.*)

PRIMEIRO LENHADOR
— Ai, morte que passas!
Morte das folhas grandes!

SEGUNDO LENHADOR
— Não abras o jorro do sangue!

PRIMEIRO LENHADOR
— Ai, morte solitária!
Morte das secas folhas!

TERCEIRO LENHADOR
— Não cubras de flores a boda!

SEGUNDO LENHADOR
— Ai, triste morte!
Deixa para o amor o ramo verde.

PRIMEIRO LENHADOR
— Ai, morte má!
Deixa para o amor o verde ramo!

(*Vão saindo enquanto falam. Aparecem Leonardo e a Noiva.*)

LEONARDO
— Cala a boca!

NOIVA
— A partir daqui irei sozinha. Vai! Quero que voltes.

LEONARDO
— Cala a boca, estou dizendo!

NOIVA
— Com os dentes, com as mãos,
como possas,
tira de meu colo honrado
o metal deste grilhão,
deixando-me encarcerada
lá em minha casa de terra.
E se não queres matar-me
como a pequena víbora,
põe em minhas mãos de noiva
o cano da escopeta.
Ai, que lamento, que fogo
sobe-me pela cabeça!
Que vidros me cravam na língua!

LEONARDO
— Já demos o passo; cala a boca,
porque nos perseguem e se aproximam,
e hei de levar-te comigo!

NOIVA
— Mas há de ser à força!

LEONARDO
— À força? Quem desceu primeiro as escadas?

NOIVA
— Eu as desci.

LEONARDO
— Quem pôs rédeas novas no cavalo?

NOIVA
— Eu mesma, é verdade.

LEONARDO
— E que mãos me calçaram as esporas?

NOIVA
— Estas mãos, que são tuas,
mas que, ao ver-te, quiseram
quebrar os ramos azuis
e o murmúrio de tuas veias.
Amo-te! Amo-te! Vai!
Que se matar-te pudesse,
eu te poria uma mortalha
com fios de violetas.
Ai, que lamento, que fogo
me sobe pela cabeça!

LEONARDO
— Que vidros me cravam na língua!
Porque eu quis esquecer
e pus um muro de pedra
entre tua casa e a minha.

É verdade. Não te recordas?
E quando te vi de longe
joguei areia nos olhos.
Mas montava o cavalo,
e o cavalo ia à tua porta.
Com alfinetes de prata
meu sangue se tornou negro,
e o sonho me foi enchendo
as carnes de erva daninha.
Eu não tenho culpa,
que a culpa é da terra
e dessa fragrância que te sai
dos seios e das tranças.

NOIVA
— Ai, que desrazão!
Não quero contigo nem cama nem ceia,
e não há um minuto do dia
que estar contigo não queira,
porque me arrastas e vou,
e me dizes que me volte
e te sigo pelo ar
como um fiapo de erva.
Deixei um homem duro
e toda sua descendência
na metade de minha boda,
e com a coroa posta.
Para ti será o castigo,
e não quero que o seja.
Deixa-me só! Foge tu!
Não há ninguém que te defenda.

LEONARDO
— Os pássaros da manhã
pelas árvores se metem.
A noite está morrendo
na ponta daquela pedra.
Vamos ao rincão escuro,
onde eu sempre te queira,
que não me importa toda a gente

nem o veneno que nos deixam.
(*Abraça-a fortemente.*)

NOIVA
— E eu dormirei a teus pés
para guardar o que sonhas.
Nua, olhando os campos,
(*Dramática.*)
como se fosse uma cadela,
porque é isso que sou! Pois te olho
e tua formosura me queima.

LEONARDO
— Incandesce lume com lume.
A mesma chama pequena
mata duas espigas juntas. Vamos!
(*Arrasta-a.*)

NOIVA
— Aonde me levas?

LEONARDO
— Aonde não podem ir
estes homens que nos cercam.
Aonde eu possa olhar-te!

NOIVA (*Sarcástica.*)
— Leva-me de feira em feira,
dor de mulher honrada,
para que todos me vejam
com os lençóis de núpcias
ao ar, como bandeiras.

LEONARDO
— Também eu quero deixar-te
se penso como se pensa.
Mas vou aonde tu vais.
Tu também. Dá um passo. Experimenta.
Cravos de lua fundem
minha cintura a tuas cadeiras.

(*Toda esta cena é violenta, cheia de grande sensualidade.*)

NOIVA
— Ouves?

LEONARDO
— Vem gente.

NOIVA
— Foge! É justo que eu aqui morra
com os pés dentro da água
e espinhos na cabeça.
E que me chorem as folhas,
Mulher perdida e donzela.

LEONARDO
— Cala-te! Já sobem.

NOIVA
— Vai!

LEONARDO
— Silêncio. Que não nos ouçam. Tu adiante. Vamos, digo que vás!

(*Vacila a Noiva.*)

NOIVA
— Os dois juntos!

LEONARDO (*Abraçando-a.*)
— Como quiseres!
Se nos separarem será
porque estarei morto.

NOIVA
— E eu morta.

(*Saem abraçados.*)

(*Aparece a Lua muito lentamente. A cena adquire uma forte luz azul. Ouvem-se os dois violinos. Subitamente, ouvem-se dois longos gritos pungentes e a música dos violinos é interrompida. Ao segundo grito aparece a mendiga e fica de costas. Abre o manto e fica no centro como um grande pássaro de asas imensas. A lua se detém. A cortina baixa em meio a um silêncio absoluto.*)

DESCE A CORTINA

# Último quadro

*Aposento branco com arcos e grossas paredes. À direita e à esquerda, escadas brancas. Grande arco ao fundo e parede da mesma cor. O solo será também de um branco reluzente. Este aposento simples terá um sentido monumental de igreja. Não haverá nem um cinza, nenhuma sombra, nem sequer o necessário para a perspectiva.*

(*Duas Moças vestidas de azul escuro estão desenrolando um novelo vermelho.*)

PRIMEIRA MOÇA
— Novelo, novelo,
que queres fazer?

SEGUNDA MOÇA
— Jasmim de vestido,
cristal de papel.
Nascer às quatro,
morrer às dez.
Ser fio de lã,
grilhão a teus pés
e nós que apertem
amargo laurel.

MENINA (*Cantando*.)
— Vós fostes à boda?

PRIMEIRA MOÇA
— Não.

MENINA
— Tampouco fui eu!
O que sucederia
aos talos das vinhas?
O que sucederia
ao ramo da oliva?
O que sucedeu
que ninguém voltou?
Fostes à boda?

SEGUNDA MOÇA
— Já dissemos que não.

MENINA (*Saindo*.)
— Tampouco eu!

SEGUNDA MOÇA
— Novelo, novelo,
que queres cantar?

PRIMEIRA MOÇA
— Feridas de cera,
dor de matagal.
Dormir pela manhã,
de noite velar.

MENINA (*À porta*.)
— O fio tropeça
no pedernal.
Os montes azuis
deixam-no passar.
Corre, corre, corre,
e ao fim chegará
a pôr a faca

e a tirar o pão.
(*Vai-se.*)

SEGUNDA MOÇA
— Novelo, novelo,
que queres dizer?

PRIMEIRA MOÇA
— Amante sem fala.
Noivo carmesim.
Pela margem muda
estendidos os vi.
(*Detém-se fitando o novelo.*)

MENINA (*Aparecendo à porta.*)
— Corre, corre, corre
o fio até aqui.
Cobertos de barro
já os ouço vir.
Corpos estirados,
panos de marfim!
(*Vai-se.*)

(*Aparecem a Mulher e a Sogra de Leonardo. Chegam angustiadas.*)

PRIMEIRA MOÇA
— Já vêm?

SOGRA
— Não sabemos.

SEGUNDA MOÇA
— O que contam da boda?

PRIMEIRA MOÇA
— Diga-me.

SOGRA (*Seca.*)
— Nada.

MULHER
— Quero voltar para saber tudo.

SOGRA (*Enérgica.*)
— Tu, para tua casa.
Valente e sozinha em tua casa.
A envelhecer e a chorar.
A porta, porém, cerrada.
Nunca. Nem morto, nem vivo.
Pregaremos as janelas.
E venham chuvas e noites
sobre as ervas amargas.

MULHER
— O que haverá ocorrido?

SOGRA
— Não importa.
Põe um véu sobre o rosto.
Teus filhos são filhos teus, nada mais.
Sobre a cama põe uma cruz de cinza
onde ficava o travesseiro dele.

(*Saem.*)

MENDIGA (*À porta.*)
— Um pedaço de pão, mocinhas.

MENINA
— Sai!

(*As Moças se agrupam.*)

MENDIGA
— Por quê?

MENINA
— Porque tu gemes. Sai!

PRIMEIRA MOÇA
— Menina!

MENDIGA
— Poderia pedir teus olhos!
Uma nuvem de pássaros me segue;
queres um?

MENINA
— Quero ir embora!

SEGUNDA MOÇA (*À mendiga*:)
— Não lhe faças caso!

PRIMEIRA MOÇA
— Vieste pelo caminho do riacho?

MENDIGA
— Sim, vim por ali.

PRIMEIRA MOÇA (*Timidamente*.)
— Posso perguntar-te uma coisa?

MENDIGA
— Eu os vi. Logo chegarão: duas torrentes,
quietos ao fim, entre pedras grandes;
dois homens nas patas do cavalo.
Mortos na beleza da noite.
(*Com deleite*.)
Mortos, sim, mortos.

PRIMEIRA MOÇA
— Cala a boca, velha, cala!

MENDIGA
— Os olhos como flores rotas, e seus dentes
dois punhados de neve endurecida.
Os dois caíram, e a noiva volta,
tingidas em sangue saias e cabeleira.
Cobertos com duas mantas eles vêm

sobre os ombros de dois moços altos.
Assim foi, nada mais. Era o justo.
Sobre a flor do ouro, suja areia.

(*Vai-se. As Moças inclinam a cabeça e ritmicamente vão saindo.*)

PRIMEIRA MOÇA
— Suja areia.

SEGUNDA MOÇA
— Sobre a flor do ouro.

MENINA
— Sobre a flor do ouro,
trazem os mortos do riacho.
Moreninho um,
moreninho o outro.
Que rouxinol de sombra voa e geme
sobre a flor do ouro!

(*Vai-se. O palco fica vazio. Aparece a Mãe com uma Vizinha. A Vizinha vem chorando.*)

MÃE
— Cala-te.

VIZINHA
— Não posso.

MÃE
— Cala-te, já disse.
(*À porta.*)
Não há ninguém aqui?
(*Leva as mãos ao rosto.*)
Devia me responder, o meu filho. Mas meu filho é já uma braçada de folhas secas.
Meu filho é já uma voz escura detrás dos montes.
(*Com raiva, à Vizinha:*)
Queres ficar quieta? Não quero prantos nesta casa. Tuas lágrimas

são lágrimas dos olhos e nada mais, e as minhas virão quando estiver só, das plantas dos pés, de minhas raízes, e serão mais ardentes que sangue.

VIZINHA
— Vem à minha casa; não fiques aqui.

MÃE
— Aqui. Aqui quero estar. E tranquila. Já todos estão mortos. À meia-noite dormirei, dormirei sem que me aterrem as escopetas ou a faca. Outras mães virão às janelas açoitadas pela chuva, para ver o rosto de seus filhos. Eu não. Eu farei com meu sonho uma fria pomba de marfim que leve camélias de orvalho para o cemitério. Mas não: cemitério, não; cemitério, não; e sim leito de terra, cama que os abriga e acalanta pelo céu.
(*Entra uma mulher de negro que se dirige à direita e ali se ajoelha. A Mãe diz à Vizinha*:)
Tira as mãos do rosto. Haveremos de passar dias terríveis. Não quero ver ninguém. A terra e eu. Meu pranto e eu. E estas quatro paredes. Ai! Ai!
(*Senta-se dominada pela dor.*)

VIZINHA
— Tem piedade de ti mesma.

MÃE (*Jogando os cabelos para trás.*)
— Hei de estar serena.
(*Senta-se.*)
Pois virão as vizinhas e não quero que me vejam tão digna de pena. Tão infeliz!
Uma mulher que não tem um filho sequer a quem possa dar um beijo.

(*Aparece a Noiva. Vem sem o ramo de flor de laranjeira e com um manto negro.*)

VIZINHA (*Vendo a Noiva, com raiva.*)
— Aonde vais?

NOIVA
— Venho para cá.

MÃE (*À Vizinha*:)
— Quem é?

VIZINHA
— Não a reconheces?

MÃE
— Por isso pergunto quem é. Porque preciso não a reconhecer, para não cravar meus dentes em seu pescoço. Víbora!

(*Dirige-se à Noiva com um gesto fulminante; detém-se. À Vizinha*:)

Tu a vês? Está aqui e está chorando, e eu, quieta, sem lhe arrancar os olhos. Não me entendo. Será que eu não amava meu filho? Mas e sua honra? Onde está sua honra?

(*Golpeia a Noiva. Esta cai ao chão.*)

VIZINHA
— Por Deus!
(*Tratando de separá-las.*)

NOIVA (*À Vizinha*:)
— Deixa-a. Vim para que me mate e que me levem com eles.
(*À Mãe*:)

Mas não com as mãos; com um garfo, com uma foice, e com força, até que se rompa em meus ossos. Deixa-a! Que quero que saiba que sou limpa, que posso estar louca, mas podem enterrar-me sem que nenhum homem haja se mirado na brancura de meus seios.

MÃE
— Cala-te, cala-te; que me importa isso?

NOIVA
— Porque eu fui com o outro! Fui!
(*Com angústia.*)

Tu também irias. Eu era uma mulher em brasa, repleta de chagas por dentro e por fora, e teu filho era um pouquinho de água da qual eu esperava filhos, terra, saúde; mas o outro era um rio escuro, cheio de ramagens, que fazia chegar até mim o rumor de seus juncos e seu cantar entre os dentes. E eu corria com teu filho, que era como um riozinho de água fria, um menino puro, e o outro me mandava centenas de pássaros que me impediam de andar e que deixavam geada sobre minhas feridas de pobre mulher murcha, de moça acariciada pelo fogo. Eu não queria, ouve bem, eu não queria. Teu filho era meu fim e eu não o enganei, mas o braço do outro me arrastou como um golpe de mar, como a cabeçada de uma mula, e me arrastaria sempre, sempre, sempre, ainda que fosse velha e todos os filhos de teu filho me houvessem agarrado pelos cabelos!

(*Entra uma Vizinha.*)

MÃE
— Ela não tem culpa, nem eu!
(*Sarcástica.*)
Quem a tem, então?
Fraca, débil, mulher desatinada é que joga fora uma coroa de flor de laranjeira para buscar um pedaço de cama aquecido por outra mulher!

NOIVA
— Cala-te, cala-te! Vinga-te de mim; aqui estou! Olha que meu pescoço é tenro; custar-te-á menos trabalho que cortar uma dália de teu jardim. Mas isso, não! Honrada, honrada como uma menina recém-nascida. E forte para demonstrá-lo. Acende o lume. Vamos pôr a mão; tu por teu filho, eu por meu corpo. Retira-la-ás antes.

(*Entra outra Vizinha.*)

MÃE
— Mas o que me importa tua honradez? Que me importa tua morte? Não me importa nada de nada. Benditos sejam os trigos, porque meus filhos estão debaixo deles. Bendita seja a chuva, porque molha a face dos mortos. Bendito seja Deus, que nos deita juntos para o descanso último.

*Entra outra Vizinha.*

NOIVA
— Deixa-me chorar contigo.

MÃE
— Chora. Mas na porta.

(*Entra a Menina. A Noiva fica à porta. A Mãe, no centro da cena.*)

MULHER (*Entrando e dirigindo-se à esquerda.*)
— Era formoso ginete,
e agora monte de neve.
Correu feiras e montes
e braços de mulheres.
Agora, o musgo da noite
coroa-lhe a fronte.

MÃE
— Girassol de tua mãe,
espelho da terra.
Que te ponham no peito
cruz de amargas adelfas.
Que te cubram lençóis
de reluzente seda,
e a água forme um pranto
entre tuas mãos quietas.

MULHER
— Ai, que quatro rapazes
chegam com os ombros cansados!

NOIVA
— Ai, que quatro galãs
trazem a morte pelo ar!

MÃE
— Vizinhas.

MENINA (*À porta.*)
— Já os trazem.

MÃE
— Dá no mesmo.
A cruz, a cruz.

MULHERES
— Doces cravos,
doce cruz,
doce nome
de Jesus.

NOIVA
— Que a cruz ampare a mortos e vivos.

MÃE
Vizinhas, com uma faca,
com uma faquinha,
em um dia designado,
entre as duas e as três,
mataram-se os dois homens do amor.
Com uma faca, com uma faquinha
que tão somente cabe na mão,
mas que penetra fino
pelas carnes assombradas,
e que para no lugar
onde treme emaranhada
a escura raiz do grito.

NOIVA
— E isto é uma faca, uma faquinha
que tão somente cabe na mão;
peixe sem escamas nem rio,
para que em um dia designado,
entre as duas e as três,
com esta faca
caiam dois homens duros
com os lábios amarelados.

MÃE
— E tão somente cabe na mão,
mas que penetra frio
pelas carnes assombradas
e lá estanca, no lugar
onde treme emaranhada
a escura raiz do grito.

(*As Vizinhas, ajoelhadas no chão, choram*.)

DESCE A CORTINA. FIM DA PEÇA

DADOS BIOGRÁFICOS

# Federico García Lorca

Representante simbólico não apenas de sua geração poética, mas da Espanha de seu tempo, Federico García Lorca nasceu no povoado de Fuente Vaqueros em 1898, e morreu fuzilado pelas milícias franquistas em 1936, quando da eclosão da Guerra Civil Espanhola.

Sua infância transcorre entre os vilarejos de Fuente Vaqueros e Valderrubio, mas também na cidade de Granada, já que sua família pertencia à abastada camada social dos fazendeiros da planície granadina, na Andaluzia. O modelo de vida campestre no qual García Lorca esteve imerso durante toda sua infância e início da juventude foi determinante em sua forma de ver o mundo, assim como na formação de sua concepção estética.

Desde cedo García Lorca demonstrou seu gosto e vocação para as artes, interessando-se por instruir-se em música e pintura. Aprendeu as primeiras letras com sua mãe, Vicenta Lorca Romero, que era professora primária. Ao trasladar-se para a cidade de Granada, começou a ir para a escola dedicando-se, especialmente, à música e ao teatro.

Apesar de provinciana, a cidade de Granada possuía seus encantos intelectuais, e García Lorca passa a frequentar, ainda adolescente, os encontros de jovens e tertúlias poéticas da cidade. Em 1914, ingressa na Universidade de Granada, tencionando estudar Filosofia, Letras e Direito.

Data desse período universitário a publicação de *Impresiones y paisajes* (1918), obra em prosa e de marcas simbolistas cuja edição foi custeada pelo pai e na qual o autor manifesta muito pouco do que viria a ser sua pena característica. Contudo, essa primeira publicação evoca o desenvolvimento de seu pensamento surgido a partir das várias viagens realizadas pelo interior da Espanha e em companhia de seus amigos universitários e professores.

O ano de 1919 marca a saída de Federico García Lorca das terras andaluzas rumo ao planalto central espanhol: Madri. Foi viver na chamada Residencia de los Estudiantes. Esta, moldada a partir dos padrões *college* de Cambridge, acolhia enorme efervescência cultural, além de representar um extraordinário ponto de contato entre a cultura nacional e estrangeira. García Lorca permanece na Residencia até 1926. São dessa época sua primeira peça teatral *El maleficio de la mariposa* (1920) e *Libro de poemas* (1921).

Os primeiros anos madrilenhos foram cruciais para o poeta; tomou conhecimento das novidades vanguardistas, que por essa época já haviam tomado conta do ambiente artístico da capital espanhola. Aproximou-se de importantes figuras da intelectualidade nacional, como Juan Ramón Jiménez y Ramón Gómez de La Serna, além de travar amizade com outros contemporâneos, como o artista plástico Salvador Dalí e o cineasta Luis Buñuel.

Ainda em 1921, retorna brevemente a Granada e escreve *Poema del cante jondo*, outra seleção de poesias que, a exemplo de *Libro de poemas*, já apresenta a precisão verbal, o apoio da *copla*[1] popular e o matiz surrealista que viria caracterizar toda sua poesia futura. Nessa obra, vê-se uma Andaluzia popular e *gitana*[2], a preferência pela temática amorosa, as reflexões acerca da aventura e da repressão

---

[1] Forma poética de origem popular, composta geralmente por redondilhas, que é bastante utilizada na composição de letras de canções. Tem sua origem na Espanha medieval, mas expandiu-se por todo o mundo de língua espanhola, sendo de uso frequente até os nossos dias.

[2] Os *gitanos* formam um grupo étnico possivelmente oriundo da região fronteiriça entre a Índia e o Paquistão. Embora não se saiba a razão de sua emigração para toda a Europa, acredita-se que chegaram ao Ocidente em

e uma constante presença do erotismo. No entanto, *Poema del cante jondo* só seria publicado dez anos mais tarde, em 1931.

O retorno a Granada propiciou o encontro entre García Lorca e o então consagrado compositor Manuel de Falla. A duradoura amizade entre ambos orientou García Lorca em sua proposta de conciliação entre as correntes estéticas de vanguarda e as formas populares. Dessa fusão nasce uma das mais conhecidas obras poéticas do autor: *Romancero gitano* (1928). Aqui, a angústia ante a realidade agressiva, a difícil inserção da cultura popular no mundo moderno se desnudam em poemas de caráter épico e místico, elaborados a partir de medidas poéticas tradicionais e da criação de imagens extraídas da imaginação popular.

Ainda na segunda metade da década de 1920, Federico García Lorca passa uma temporada em Barcelona, com o amigo Salvador Dalí e família. Já por aquela época Barcelona era uma cosmópole de maior pujança que a capital espanhola, Madri. Com cenários de Dalí, Lorca estreia em 1927 na capital catalã sua tragédia *Mariana Pineda*.

A atmosfera artística impetuosa na Espanha pré-Segunda República[3], a partir de 1927, levou Federico García Lorca e outros poetas de sua geração a se colocarem de modo mais manifesto na vanguarda das artes europeias dos primeiros trinta anos do século recém-encerrado, tal como aponta o professor Mário Miguel González[4]. Redescobridores de Góngora[5] e posteriormente conhecidos como "Geração de 27", Rafael Alberti, Pedro Salinas, Jorge Guillén, Luis Cernuda, Federico García Lorca, entre outros, foram os responsáveis pela renovação da lírica europeia do período.

---

torno do século XI. Na Espanha, região de maior afluxo desse povo, chegaram provavelmente no início do século XV, onde se instalaram e influenciaram de modo inquebrantável a constituição da cultura nacional, em particular a andaluza.

[3] A chamada Segunda República Espanhola foi o Estado democrático e republicano instaurado na Espanha de 14 de abril de 1931 até 1º de abril de 1939, com a vitória definitiva das milícias do generalíssimo Francisco Franco.

[4] GONZÁLEZ, Mário M. *A literatura espanhola na cultura moderna*, São Paulo: Fundação Memorial da América Latina, 2001, p. 29-30.

[5] O acontecimento que une todos os poetas da chamada "Geração de 27" é a comemoração do tricentenário do poeta Luis de Góngora y Argote. Tal comemoração se deu no Ateneu de Sevilha e reivindicava o reconhecimento do talento de Góngora.

Os anos de 1920 trouxeram consigo uma energia artística vital que García Lorca soube aproveitar intensamente. Dividia-se entre inúmeros projetos poéticos, dramatúrgicos, editoriais e, até mesmo, cinematográficos. O entusiasmo pelo cinema caracterizou todos os artistas da época. Em meio a tantos projetos pretendeu estrear, no inverno de 1928, *El amor de Don Perlimpín con Belisa en su jardín*. Entretanto, a censura ditatorial de Primo Rivera vetou as apresentações da peça, e García Lorca, ao chegar 1929, segue para Nova York. Seria sua primeira viagem a terras estrangeiras.

O choque do poeta granadino com a cidade brutal, com o capitalismo de aço, resultou em outro célebre livro de poemas: *Poeta en Nueva York*[6]. O tom de angústia caótica presente em seus poemas reflete o encontro do poeta da humanização estética — já tão evidenciado em *Romancero gitano* — com a desumanização presente nas ruas da megalópole norte-americana. Para o homem Federico, Nova York era "a cidade mais atrevida e mais moderna do mundo", segundo se depreende de uma de suas cartas endereçadas ao irmão, Francisco. Para o poeta García Lorca e para o "eu lírico" penetrante que se observa em *Poeta en Nueva York*, o símbolo máximo da angústia e solidão do homem moderno.

Da Nova York do *Jazz* e do *Blues*, dos negros do Harlem, da poesia de Walt Whitman e das grandes massas urbanas, Lorca segue caminho para a Ilha de Cuba. Em Havana reencontra-se com a cultura de língua espanhola, mantém contato com a música afro-cubana e sente-se revigorado para voltar à Espanha e dar andamento ao projeto itinerante de teatro La Barraca.

Entre os muitos projetos culturais levados a cabo por García Lorca em 1931 o mais importante, sem sombra de dúvida, foi a criação da companhia ambulante de teatro La Barraca. Para Lorca a importância de tal projeto radicava em sua dimensão social, didática, de levar ao povo das regiões mais recônditas da Espanha o teatro clássico espanhol. Trabalhando como diretor teatral, Lorca pôde conduzir ao público interiorano o teatro do Século de Ouro. As obras de Lope de Rueda e Tirso de Molina, os entremeses e sainetes[7] de Miguel de Cervantes, mas sobretudo as comédias de Lope de Vega e o

---

[6] Publicado postumamente, em 1940.

[7] Entremeses e saintes são obras teatrais breves e em tom burlesco, aparen-

teatro humano de Calderón de La Barca foram objeto de representação da companhia. Essa experiência trouxe ao menos duas marcas profundas no Lorca dramaturgo: uma nova concepção cênica e o conhecimento de um público teatral diferente da burguesia de Madri ao qual havia se acostumado.

Contudo, o maior êxito teatral de García Lorca se deu, inicialmente, em terras argentinas. *Bodas de sangre* estreia em Buenos Aires com a companhia de Lola Membrives, em 9 de março de 1933. O poeta alcança enorme popularidade, viaja para a Argentina, onde dirige uma nova produção de *Bodas*. Tal circunstância viria transformar a vida do autor. Aos trinta e cinco anos, Federico García Lorca alcança a independência financeira. No ano seguinte retorna à Espanha e põe-se a trabalhar intensamente, principalmente com teatro. Termina de escrever *Yerma* e *La casa de Bernarda Alba*, obras que viriam a compor, ao lado de *Bodas de sangre*, a chamada trilogia rural do teatro lorquiano.

A trilogia rural é considerada sua obra maior. Três histórias distintas que giram ao redor do mesmo tema: a liberdade erótico-amorosa perseguida e reprimida por um código de honra vigente, tal como aprendera do teatro de Calderón de La Barca. Entre 1934 e 1936, dirigiu seus esforços à renovação do teatro espanhol utilizando a própria obra por meio de sua companhia La Barraca e da organização de clubes teatrais. Mas o clima de instauração de uma guerra civil naquele momento parecia instalar-se na Espanha de modo inexorável.

A situação insustentável em que se encontrava a capital espanhola fez que Lorca preferisse ausentar-se dali. Retorna à Andaluzia em 14 de julho de 1936. Três dias mais tarde o general Francisco Franco proclama o levante militar nas Ilhas Canárias. No mês seguinte, Federico García Lorca é detido na região central da cidade de Granada. Acusado de espionagem e de práticas homossexuais, foi mantido sob a custódia do governador e posteriormente levado à cidadezinha de Víznar, com outros detentos políticos, onde foi fuzilado, provavelmente em alguma madrugada de agosto[8].

---

tados com a farsesca, que costumavam ser representados entre duas peças longas. Foram muito utilizados na Espanha durante o Século de Ouro e têm origem popular.

[8] Segundo informa Ian Gibson, biógrafo de Lorca, não é possível precisar a data de sua morte.

# Sumário

## *O Objetivo, a filosofia e a missão da Editora Martin Claret*

O principal objetivo da Martin Claret é contribuir para a difusão da educação e da cultura, por meio da democratização do livro, usando canais de comercialização habituais, além de criar novos.

A filosofia de trabalho da Martin Claret consiste em produzir livros de qualidade a um preço acessível, para que possam ser apreciados pelo maior número possível de leitores.

A missão da Martin Claret é conscientizar e motivar as pessoas a desenvolver e utilizar o seu pleno potencial espiritual, mental, emocional e social.

O livro muda as pessoas. Revolucione-se: leia mais para ser mais!

MARTIN CLARET

# Relação dos Volumes Publicados

1. **Dom Casmurro** *Machado de Assis*
2. **O Príncipe** *Maquiavel*
3. **Mensagem** *Fernando Pessoa*
4. **O Lobo do Mar** *Jack London*
5. **A Arte da Prudência** *Baltasar Gracián*
6. **Iracema / Cinco Minutos** *José de Alencar*
7. **Inocência** *Visconde de Taunay*
8. **A Mulher de 30 Anos** *Honoré de Balzac*
9. **A Moreninha** *Joaquim Manuel de Macedo*
10. **A Escrava Isaura** *Bernardo Guimarães*
11. **As Viagens - "Il Milione"** *Marco Polo*
12. **O Retrato de Dorian Gray** *Oscar Wilde*
13. **A Volta ao Mundo em 80 Dias** *Júlio Verne*
14. **A Carne** *Júlio Ribeiro*
15. **Amor de Perdição** *Camilo Castelo Branco*
16. **Sonetos** *Luís de Camões*
17. **O Guarani** *José de Alencar*
18. **Memórias Póstumas de Brás Cubas** *Machado de Assis*
19. **Lira dos Vinte Anos** *Alvares de Azevedo*
20. **Apologia de Sócrates / Banquete** *Platão*
21. **A Metamorfose/Um Artista da Fome/Carta a Meu Pai** *Franz Kafka*
22. **Assim Falou Zaratustra** *Friedrich Nietzsche*
23. **Triste Fim de Policarpo Quaresma** *Lima Barreto*
24. **A Ilustre Casa de Ramires** *Eça de Queirós*
25. **Memórias de um Sargento de Milícias** *Manuel Antônio de Almeida*
26. **Robinson Crusoé** *Daniel Defoe*
27. **Espumas Flutuantes** *Castro Alves*
28. **O Ateneu** *Raul Pompéia*
29. **O Noviço / O Juiz de Paz da Roça / Quem Casa Quer Casa** *Martins Pena*
30. **A Relíquia** *Eça de Queirós*
31. **O Jogador** *Dostoiévski*
32. **Histórias Extraordinárias** *Edgar Allan Poe*
33. **Os Lusíadas** *Luís de Camões*
34. **As Aventuras de Tom Sawyer** *Mark Twain*
35. **Bola de Sebo e Outros Contos** *Guy de Maupassant*
36. **A República** *Platão*
37. **Elogio da Loucura** *Erasmo de Rotterdam*
38. **Caninos Brancos** *Jack London*
39. **Hamlet** *William Shakespeare*
40. **A Utopia** *Thomas More*
41. **O Processo** *Franz Kafka*
42. **O Médico e o Monstro** *Robert Louis Stevenson*
43. **Ecce Homo** *Friedrich Nietzsche*
44. **O Manifesto do Partido Comunista** *Marx e Engels*
45. **Discurso do Método / Meditações** *René Descartes*
46. **Do Contrato Social** *Jean-Jacques Rousseau*
47. **A Luta pelo Direito** *Rudolf von Ihering*
48. **Dos Delitos e das Penas** *Cesare Beccaria*
49. **A Ética Protestante e o Espírito do Capitalismo** *Max Weber*
50. **O Anticristo** *Friedrich Nietzsche*
51. **Os Sofrimentos do Jovem Werther** *Goethe*
52. **As Flores do Mal** *Charles Baudelaire*
53. **Ética a Nicômaco** *Aristóteles*
54. **A Arte da Guerra** *Sun Tzu*
55. **Imitação de Cristo** *Tomás de Kempis*
56. **Cândido ou o Otimismo** *Voltaire*
57. **Rei Lear** *William Shakespeare*
58. **Frankenstein** *Mary Shelley*
59. **Quincas Borba** *Machado de Assis*
60. **Fedro** *Platão*
61. **Política** *Aristóteles*
62. **A Viuvinha / Encarnação** *José de Alencar*
63. **As Regras do Método Sociológico** *Émile Durkheim*
64. **O Cão dos Baskervilles** *Sir Arthur Conan Doyle*
65. **Contos Escolhidos** *Machado de Assis*
66. **Da Morte / Metafísica do Amor / Do Sofrimento do Mundo** *Arthur Schopenhauer*
67. **As Minas do Rei Salomão** *Henry Rider Haggard*
68. **Manuscritos Econômico-Filosóficos** *Karl Marx*
69. **Um Estudo em Vermelho** *Sir Arthur Conan Doyle*
70. **Meditações** *Marco Aurélio*
71. **A Vida das Abelhas** *Maurice Materlinck*
72. **O Cortiço** *Aluísio Azevedo*
73. **Senhora** *José de Alencar*
74. **Brás, Bexiga e Barra Funda / Laranja da China** *Antônio de Alcântara Machado*
75. **Eugênia Grandet** *Honoré de Balzac*
76. **Contos Gauchescos** *João Simões Lopes Neto*
77. **Esaú e Jacó** *Machado de Assis*
78. **O Desespero Humano** *Sören Kierkegaard*
79. **Dos Deveres** *Cícero*
80. **Ciência e Política** *Max Weber*
81. **Satíricon** *Petrônio*
82. **Eu e Outras Poesias** *Augusto dos Anjos*
83. **Farsa de Inês Pereira / Auto da Barca do Inferno / Auto da Alma** *Gil Vicente*
84. **A Desobediência Civil e Outros Escritos** *Henry David Toreau*
85. **Para Além do Bem e do Mal** *Friedrich Nietzsche*
86. **A Ilha do Tesouro** *R. Louis Stevenson*
87. **Marília de Dirceu** *Tomás A. Gonzaga*
88. **As Aventuras de Pinóquio** *Carlo Collodi*
89. **Segundo Tratado Sobre o Governo** *John Locke*
90. **Amor de Salvação** *Camilo Castelo Branco*
91. **Broquéis/Faróis/ Últimos Sonetos** *Cruz e Souza*
92. **I-Juca-Pirama / Os Timbiras / Outros Poemas** *Gonçalves Dias*
93. **Romeu e Julieta** *William Shakespeare*
94. **A Capital Federal** *Arthur Azevedo*
95. **Diário de um Sedutor** *Sören Kierkegaard*
96. **Carta de Pero Vaz de Caminha a El-Rei Sobre o Achamento do Brasil**
97. **Casa de Pensão** *Aluísio Azevedo*
98. **Macbeth** *William Shakespeare*

99. **Édipo Rei/Antígona**
*Sófocles*

100. **Lucíola**
*José de Alencar*

101. **As Aventuras de Sherlock Holmes**
*Sir Arthur Conan Doyle*

102. **Bom-Crioulo**
*Adolfo Caminha*

103. **Helena**
*Machado de Assis*

104. **Poemas Satíricos**
*Gregório de Matos*

105. **Escritos Políticos / A Arte da Guerra**
*Maquiavel*

106. **Ubirajara**
*José de Alencar*

107. **Diva**
*José de Alencar*

108. **Eurico, o Presbítero**
*Alexandre Herculano*

109. **Os Melhores Contos**
*Lima Barreto*

110. **A Luneta Mágica**
*Joaquim Manuel de Macedo*

111. **Fundamentação da Metafísica dos Costumes e Outros Escritos**
*Immanuel Kant*

112. **O Príncipe e o Mendigo**
*Mark Twain*

113. **O Domínio de Si Mesmo pela Auto-Sugestão Consciente**
*Émile Coué*

114. **O Mulato**
*Aluísio Azevedo*

115. **Sonetos**
*Florbela Espanca*

116. **Uma Estadia no Inferno / Poemas / Carta do Vidente**
*Arthur Rimbaud*

117. **Várias Histórias**
*Machado de Assis*

118. **Fédon**
*Platão*

119. **Poesias**
*Olavo Bilac*

120. **A Conduta para a Vida**
*Ralph Waldo Emerson*

121. **O Livro Vermelho**
*Mao Tsé-Tung*

122. **Oração aos Moços**
*Rui Barbosa*

123. **Otelo, o Mouro de Veneza**
*William Shakespeare*

124. **Ensaios**
*Ralph Waldo Emerson*

125. **De Profundis / Balada do Cárcere de Reading**
*Oscar Wilde*

126. **Crítica da Razão Prática**
*Immanuel Kant*

127. **A Arte de Amar**
*Ovídio Naso*

128. **O Tartufo ou O Impostor**
*Molière*

129. **Metamorfoses**
*Ovídio Naso*

130. **A Gaia Ciência**
*Friedrich Nietzsche*

131. **O Doente Imaginário**
*Molière*

132. **Uma Lágrima de Mulher**
*Aluísio Azevedo*

133. **O Último Adeus de Sherlock Holmes**
*Sir Arthur Conan Doyle*

134. **Canudos - Diário de uma Expedição**
*Euclides da Cunha*

135. **A Doutrina de Buda**
*Siddharta Gautama*

136. **Tao Te Ching**
*Lao-Tsé*

137. **Da Monarquia / Vida Nova**
*Dante Alighieri*

138. **A Brasileira de Prazins**
*Camilo Castelo Branco*

139. **O Velho da Horta/Quem Tem Farelos?/Auto da Índia**
*Gil Vicente*

140. **O Seminarista**
*Bernardo Guimarães*

141. **O Alienista / Casa Velha**
*Machado de Assis*

142. **Sonetos**
*Manuel du Bocage*

143. **O Mandarim**
*Eça de Queirós*

144. **Noite na Taverna / Macário**
*Álvares de Azevedo*

145. **Viagens na Minha Terra**
*Almeida Garrett*

146. **Sermões Escolhidos**
*Padre Antonio Vieira*

147. **Os Escravos**
*Castro Alves*

148. **O Demônio Familiar**
*José de Alencar*

149. **A Mandrágora / Belfagor, o Arquidiabo**
*Maquiavel*

150. **O Homem**
*Aluísio Azevedo*

151. **Arte Poética**
*Aristóteles*

152. **A Megera Domada**
*William Shakespeare*

153. **Alceste/Electra/Hipólito**
*Eurípedes*

154. **O Sermão da Montanha**
*Huberto Rohden*

155. **O Cabeleira**
*Franklin Távora*

156. **Rubáiyát**
*Omar Khayyám*

157. **Luzia-Homem**
*Domingos Olímpio*

158. **A Cidade e as Serras**
*Eça de Queirós*

159. **A Retirada da Laguna**
*Visconde de Taunay*

160. **A Viagem ao Centro da Terra**
*Júlio Verne*

161. **Caramuru**
*Frei Santa Rita Durão*

162. **Clara dos Anjos**
*Lima Barreto*

163. **Memorial de Aires**
*Machado de Assis*

164. **Bhagavad Gita**
*Krishna*

165. **O Profeta**
*Khalil Gibran*

166. **Aforismos**
*Hipócrates*

167. **Kama Sutra**
*Vatsyayana*

168. **O Livro da Jângal**
*Rudyard Kipling*

169. **De Alma para Alma**
*Huberto Rohden*

170. **Orações**
*Cícero*

171. **Sabedoria das Parábolas**
*Huberto Rohden*

172. **Salomé**
*Oscar Wilde*

173. **Do Cidadão**
*Thomas Hobbes*

174. **Porque Sofremos**
*Huberto Rohden*

175. **Einstein: o Enigma do Universo**
*Huberto Rohden*

176. **A Mensagem Viva do Cristo**
*Huberto Rohden*

177. **Mahatma Gandhi**
*Huberto Rohden*

178. **A Cidade do Sol**
*Tommaso Campanella*

179. **Setas para o Infinito**
*Huberto Rohden*

180. **A Voz do Silêncio**
*Helena Blavatsky*

181. **Frei Luís de Sousa**
*Almeida Garrett*

182. **Fábulas**
*Esopo*

183. **Cântico de Natal/ Os Carrilhões**
*Charles Dickens*

184. **Contos**
*Eça de Queirós*

185. **O Pai Goriot**
*Honoré de Balzac*

186. **Noites Brancas e Outras Histórias**
*Dostoiévski*

187. **Minha Formação**
*Joaquim Nabuco*

188. **Pragmatismo**
*William James*

189. **Discursos Forenses**
*Enrico Ferri*

190. **Medéia**
*Eurípedes*

191. **Discursos de Acusação**
*Enrico Ferri*

192. **A Ideologia Alemã**
*Marx & Engels*

193. **Prometeu Acorrentado**
*Ésquilo*

194. **Iaiá Garcia**
*Machado de Assis*

195. **Discursos no Instituto dos Advogados Brasileiros / Discurso no Colégio Anchieta**
*Rui Barbosa*

196. **Édipo em Colono**
*Sófocles*

197. **A Arte de Curar pelo Espírito**
*Joel S. Goldsmith*

198. **Jesus, o Filho do Homem**
*Khalil Gibran*

199. **Discurso sobre a Origem e os Fundamentos da Desigualdade entre os Homens**
*Jean-Jacques Rousseau*

200. Fábulas
*La Fontaine*

201. O Sonho de uma Noite de Verão
*William Shakespeare*

202. Maquiavel, o Poder
*José Nivaldo Junior*

203. Ressurreição
*Machado de Assis*

204. O Caminho da Felicidade
*Huberto Rohden*

205. A Velhice do Padre Eterno
*Guerra Junqueiro*

206. O Sertanejo
*José de Alencar*

207. Gitanjali
*Rabindranath Tagore*

208. Senso Comum
*Thomas Paine*

209. Canaã
*Graça Aranha*

210. O Caminho Infinito
*Joel S. Goldsmith*

211. Pensamentos
*Epicuro*

212. A Letra Escarlate
*Nathaniel Hawthorne*

213. Autobiografia
*Benjamin Franklin*

214. Memórias de Sherlock Holmes
*Sir Arthur Conan Doyle*

215. O Dever do Advogado / Posse de Direitos Pessoais
*Rui Barbosa*

216. O Tronco do Ipê
*José de Alencar*

217. O Amante de Lady Chatterley
*D. H. Lawrence*

218. Contos Amazônicos
*Inglês de Souza*

219. A Tempestade
*William Shakespeare*

220. Ondas
*Euclides da Cunha*

221. Educação do Homem Integral
*Huberto Rohden*

222. Novos Rumos para a Educação
*Huberto Rohden*

223. Mulherzinhas
*Louise May Alcott*

224. A Mão e a Luva
*Machado de Assis*

225. A Morte de Ivan Ilicht / Senhores e Servos
*Leon Tolstói*

226. Álcoois e Outros Poemas
*Apollinaire*

227. Pais e Filhos
*Ivan Turguêniev*

228. Alice no País das Maravilhas
*Lewis Carroll*

229. À Margem da História
*Euclides da Cunha*

230. Viagem ao Brasil
*Hans Staden*

231. O Quinto Evangelho
*Tomé*

232. Lorde Jim
*Joseph Conrad*

233. Cartas Chilenas
*Tomás Antônio Gonzaga*

234. Odes Modernas
*Anntero de Quental*

235. Do Cativeiro Babilônico da Igreja
*Martinho Lutero*

236. O Coração das Trevas
*Joseph Conrad*

237. Thais
*Anatole France*

238. Andrômaca / Fedra
*Racine*

239. As Catilinárias
*Cícero*

240. Recordações da Casa dos Mortos
*Dostoiévski*

241. O Mercador de Veneza
*William Shakespeare*

242. A Filha do Capitão / A Dama de Espadas
*Aleksandr Púchkin*

243. Orgulho e Preconceito
*Jane Austen*

244. A Volta do Parafuso
*Henry James*

245. O Gaúcho
*José de Alencar*

246. Tristão e Isolda
*Lenda Medieval Celta de Amor*

247. Poemas Completos de Alberto Caeiro
*Fernando Pessoa*

248. Maiakósvski
*Vida e Poesia*

249. Sonetos
*William Shakespeare*

250. Poesia de Ricardo Reis
*Fernando Pessoa*

251. Papéis Avulsos
*Machado de Assis*

252. Contos Fluminenses
*Machado de Assis*

253. O Bobo
*Alexandre Herculano*

254. A Oração da Coroa
*Demóstenes*

255. O Castelo
*Franz Kafka*

256. O Trovejar do Silêncio
*Joel S. Goldsmith*

257. Alice na Casa dos Espelhos
*Lewis Carrol*

258. Miséria da Filosofia
*Karl Marx*

259. Júlio César
*William Shakespeare*

260. Antônio e Cleópatra
*William Shakespeare*

261. Filosofia da Arte
*Huberto Rohden*

262. A Alma Encantadora das Ruas
*João do Rio*

263. A Normalista
*Adolfo Caminha*

264. Pollyanna
*Eleanor H. Porter*

265. As Pupilas do Senhor Reitor
*Júlio Diniz*

266. As Primaveras
*Casimiro de Abreu*

267. Fundamentos do Direito
*Léon Duguit*

268. Discursos de Metafísica
*G. W. Leibniz*

269. Sociologia e Filosofia
*Émile Durkheim*

270. Cancioneiro
*Fernando Pessoa*

271. A Dama das Camélias
*Alexandre Dumas (filho)*

272. O Divórcio / As Bases da Fé / e outros textos
*Rui Barbosa*

273. Pollyanna Moça
*Eleanor H. Porter*

274. O 18 Brumário de Luís Bonaparte
*Karl Marx*

275. Teatro de Machado de Assis
*Antologia*

276. Cartas Persas
*Montesquieu*

277. Em Comunhão com Deus
*Huberto Rohden*

278. Razão e Sensibilidade
*Jane Austen*

279. Crônicas Selecionadas
*Machado de Assis*

280. Histórias da Meia-Noite
*Machado de Assis*

281. Cyrano de Bergerac
*Edmond Rostand*

282. O Maravilhoso Mágico de Oz
*L. Frank Baum*

283. Trocando Olhares
*Florbela Espanca*

284. O Pensamento Filosófico da Antiguidade
*Huberto Rohden*

285. Filosofia Contemporânea
*Huberto Rohden*

286. O Espírito da Filosofia Oriental
*Huberto Rohden*

287. A Pele do Lobo / O Badejo / o Dote
*Artur Azevedo*

288. Os Bruzundangas
*Lima Barreto*

289. A Pata da Gazela
*José de Alencar*

290. O Vale do Terror
*Sir Arthur Conan Doyle*

291. O Signo dos Quatro
*Sir Arthur Conan Doyle*

292. As Máscaras do Destino
*Florbela Espanca*

293. A Confissão de Lúcio
*Mário de Sá-Carneiro*

294. Falenas
*Machado de Assis*

295. O Uraguai / A Declamação Trágica
*Basílio da Gama*

296. Crisálidas
*Machado de Assis*

297. Americanas
*Machado de Assis*

298. A Carteira de Meu Tio
*Joaquim Manuel de Macedo*

299. Catecismo da Filosofia
*Huberto Rohden*

301. Rumo à Consciência Cósmica
*Huberto Rohden*

302. Cosmoterapia
*Huberto Rohden*

303. Bodas de Sangue
*Federico García Lorca*

304. Discurso da Servidão Voluntária
*Étienne de la Boétie*

305. Categorias
*Aristóteles*

306. Manon Lescaut
*Abade Prévost*

307. Teogonia / Trabalhos e Dias
*Hesíodo*

308. As Vítimas Algozes
*Joaquim Manuel de Macedo*

309. Persuasão
*Jane Austen*

**Série Ouro**
(Livros com mais de 400 p.)

1. Leviatã
*Thomas Hobbes*

2. A Cidade Antiga
*Fustel de Coulanges*

3. Crítica da Razão Pura
*Immanuel Kant*

4. Confissões
*Santo Agostinho*

5. Os Sertões
*Euclides da Cunha*

6. Dicionário Filosófico
*Voltaire*

7. A Divina Comédia
*Dante Alighieri*

8. Ética Demonstrada à Maneira dos Geômetras
*Baruch de Spinoza*

9. Do Espírito das Leis
*Montesquieu*

10. O Primo Basílio
*Eça de Queirós*

11. O Crime do Padre Amaro
*Eça de Queirós*

12. Crime e Castigo
*Dostoiévski*

13. Fausto
*Goethe*

14. O Suicídio
*Émile Durkheim*

15. Odisséia
*Homero*

16. Paraíso Perdido
*John Milton*

17. Drácula
*Bram Stocker*

18. Ilíada
*Homero*

19. As Aventuras de Huckleberry Finn
*Mark Twain*

20. Paulo – O 13º Apóstolo
*Ernest Renan*

21. Eneida
*Virgílio*

22. Pensamentos
*Blaise Pascal*

23. A Origem das Espécies
*Charles Darwin*

24. Vida de Jesus
*Ernest Renan*

25. Moby Dick
*Herman Melville*

26. Os Irmãos Karamazovi
*Dostoiévski*

27. O Morro dos Ventos Uivantes
*Emily Brontë*

28. Vinte Mil Léguas Submarinas
*Júlio Verne*

29. Madame Bovary
*Gustave Flaubert*

30. O Vermelho e o Negro
*Stendhal*

31. Os Trabalhadores do Mar
*Victor Hugo*

32. A Vida dos Doze Césares
*Suetônio*

34. O Idiota
*Dostoiévski*

35. Paulo de Tarso
*Huberto Rohden*

36. O Peregrino
*John Bunyan*

37. As Profecias
*Nostradamus*

38. Novo Testamento
*Huberto Rohden*

39. O Corcunda de Notre Dame
*Victor Hugo*

40. Arte de Furtar
*Anônimo do século XVII*

41. Germinal
*Émile Zola*

42. Folhas de Relva
*Walt Whitman*

43. Ben-Hur — Uma História dos Tempos de Cristo
*Lew Wallace*

44. Os Maias
*Eça de Queirós*

45. O Livro da Mitologia
*Thomas Bulfinch*

46. Os Três Mosqueteiros
*Alexandre Dumas*

47. Poesia de Álvaro de Campos
*Fernando Pessoa*

48. Jesus Nazareno
*Huberto Rohden*

49. Grandes Esperanças
*Charles Dickens*

50. A Educação Sentimental
*Gustave Flaubert*

51. O Conde de Monte Cristo (Volume I)
*Alexandre Dumas*

52. O Conde de Monte Cristo (Volume II)
*Alexandre Dumas*

53. Os Miseráveis (Volume I)
*Victor Hugo*

54. Os Miseráveis (Volume II)
*Victor Hugo*

55. Dom Quixote de La Mancha (Volume I)
*Miguel de Cervantes*

56. Dom Quixote de La Mancha (Volume II)
*Miguel de Cervantes*

58. Contos Escolhidos
*Artur Azevedo*

59. As Aventuras de Robin Hood
*Howard Pyle*